彎腰，為島嶼種下希望的人們，
是守護大地，讓台灣發光發熱的農漁民朋友！

——陳吉仲

孕育新農業生命的在地故事

彎腰，為島嶼種下希望的人們

陳吉仲 總策劃
簡惠茹 採訪撰文

推薦序

新農業政策：讓台灣農業更具競爭力，跟上新時代、創造新價值

中華民國第十四任、十五任總統　蔡英文

農業是國家的根本，我們不只是好國好民，更是好農好民。我還沒擔任總統前，就於競選期間提出了「新農業政策」的主張，後來在執政的過程中，我們努力落實競選時的政見，希望更全面保障農民朋友的權益，讓農民朋友收入更穩定，打造台灣農業的韌性、提升競爭力，朝更永續的方向前進。

在八年內，我們完備「三保一金」四大農民福利體系，讓農民不再看天吃飯、退休生活有保障、職業災害也能受到照顧；發展農漁畜產品冷鏈物流體系，並加速設備現代化，打造國家級農業外銷隊；我們也完成從產地到餐桌系統性管理食安，讓人民吃得更安心。

我們積極為台灣農業及農民朋友解決許多長期的結構性問題，也在二〇一八年全球

爆發非洲豬瘟之際，成功守護台灣豬肉；更在二〇二〇年，讓台灣成為口蹄疫非疫區，解除歷時二十四年的陰影。

「新農業政策」就是要讓台灣的農業更有競爭力，創造新價值。而「新農業政策」得以實踐，除了政府部門的細心規劃，還得仰賴整體農業部門的協助。在這本書中，我們看到政策如何在第一線落實，實際發揮政策效益，更能看到農民朋友們的回饋。

推動政策的過程，有風有雨，也有起有落，現在回想起來，是一趟辛苦卻又甜蜜的過程，如同農民朋友們在耕耘後的收成，那樣的美好。謝謝一棒接一棒，全力守護台灣農業的執政團隊；謝謝所有站在第一線的農業部門同仁，以及農漁會等農漁民團體；謝謝大家與我們站在一起，培育台灣農業人才，「為島嶼種下希望」，也讓台灣的農產品行銷到世界，站上國際，翻轉台灣的農業。

今日台灣農業的成就，屬於所有台灣的農漁民朋友。

前言

那些年我們共同成就的農漁大事

陳吉仲

自二〇一六年蔡英文總統上任以來，農業部與行政團隊和所有農漁民團體，攜手實現「新農業政策」，一一解決存在已久的農業結構性問題，完成許多照顧農漁民、讓農業朝向專業經營的重大政策。回到致力推動新農業政策的初衷，就是為了提升農民收益，讓消費者能買到安全的農產品，進而讓台灣農業可以永續發展，以及台灣糧食安全可以確保。

攜手實現「新農業政策」，讓台灣農業邁向永續

一九八八年五二〇農民運動的七大訴求之一，就是要讓台灣農民擁有完整的農民保險。歷經三十多年，終於在小英總統任內一一完成，建立了「三保一金」完整農民福利體系（農民健康保險、農民職業災害保險、農業保險和農民退休儲金），包括精進農保讓保額增加一倍，並讓實耕者可加入農保；開辦農民職業災害保險，讓農民受傷有保險理賠；擴大推動農業保險，讓農民不用再看天吃飯，以及建立農民退休儲金制度，讓農民退休生活有保障。這是對在這塊土地辛苦耕耘的農民一份尊重，也是台灣農業邁向永續的根基。

這些年我們全面布局農漁產冷鏈加工體系，讓台灣農業基礎建設得以升級，藉此提升產銷調節能力和外銷實力；調整農糧產業結構，讓稻米產業更有競爭力，並提升雜糧自給率；成功拓展外銷高消費市場，降低台灣農產對單一中國市場的依賴；全面推動學校午餐使用可溯源國產食材，讓孩子們每一口飯菜都能吃的安心；完成食農教育完成立法，讓農業不只是農民的農業，更是全民的農業；開辦綠色照顧，照顧農村長者並活化農村；農漁民長期期盼的「農業部」也終於在二〇二三年八月一日成立，做農漁民最大的靠山。

感謝農業部同仁和各基層農漁會推動執行，全面照顧農民

而在這些改革過程中，感謝農業部所有同仁們努力讓政策一一落實，感謝各基層農

漁會在第一線協助執行，才能讓政策確實推動到位，讓農漁民獲得全面的照顧，並讓台灣農業轉型升級。

農會有四大部門：信用、保險、推廣、供銷。每一個部門都跟農民息息相關，服務農民則是農會最重要的工作，所以農會是第一線與農民和消費者接觸的重要團體。過去較不被重視的保險、推廣及供銷業務，在這幾年變成農會重要的工作，尤其是在經濟事業更是大步往前走，因為這些業務和農民的所得及保障息息相關。農會照顧農民業務的擴大，讓農會不只有過去百年的歷史，更奠定了未來百年的發展藍圖。

農會的信用部曾經歷農業金融危機，導致多家農會信用部被接收，二〇〇一年時，逾放比率一度高達二一．八％。經過政府的輔導、農會系統澈底改革，農會逾放比率持續下降，二〇二四年七月僅〇．二七％。這個農業金融故事說明了全國三百多個農會如何互相扶持、一起往前走。

長期以來，農會的供銷部門主要負責銷售農用資材、肥料、農藥、農機具等，以及農特產品的銷售，還有共同運銷等業務。近年來，農會配合農業部大力推動冷鏈、加工及物流，大幅度的提高了農民收益，也成為農產品產銷調節重要的一環。如紅豆、洋蔥、文旦、鳳梨、芒果、蓮霧、稻米……許多重要農產品皆因為農會經濟事業的參與，讓產品價格維持在非常好的水準，這就是農會照顧農民、而政府支持農會的成功案例。

由於農會推廣部門面向多元，涵蓋農事、家政和四健推廣，與近年來農業部推動的食農教育、綠色照顧政策相當契合。因此，在農會既有的基礎和資源下，更能大力在第一線推動相關工作，也能更全面結合農業資源，振興在地農村和產業。

農漁會是農業部門中很重要的民間團體。農漁會在這幾年，尤其許多理事長和總幹事專業的表現，讓農漁會扮演起產銷調節功能的關鍵角色，甚至讓消費者對農漁會的印象完全改觀，幫助台灣農業朝向永續發展的方向前進，例如投入冷鏈和加工的基礎建設、穩定在地農漁產品價格、推動綠色照顧活化農村，還有各種農業保險、農民職災保險和農民退休儲金的宣導和說明等。這本書將分八個章節，從新農業政策如何和農漁會合作的故事一一呈現；透過農漁會總幹事和農漁民的親自分享，讓大家體會農業政策如何在第一線一一落實。

除了這本書提及的內容外，我們也完成了許多台灣農業三、四十年來難以解決的問題，包括二〇二〇年成功撲滅存在於台灣二十四年的口蹄疫、持續守住非洲豬瘟，並完成七十幾年來的傳統豬瘟拔針；在漁業部分，解除遠洋漁業黃牌，讓七百多億遠洋漁業及其上中下游產業永續經營；十七個農田水利會升格為公務機關，成立農水署照顧到更多農民有水可用，不再為水而苦。真的，非常不容易！

感謝強大行政團隊支持，讓新農業政策得以推行

這些新農業政策的完成，背後有強大的行政團隊支持，特別感謝蔡英文總統、賴清德總統、林全院長、蘇貞昌院長、陳建仁院長、曹啟鴻主委、林聰賢主委整體行政團隊對台灣農業部門的支持，讓新農業政策得以推行。

「新農業政策」相信為台灣農業升級轉型帶來良好的成效，為從農環境及農業永續發展奠定根基，更有效提高農民收益。二〇二三年，主力農家[1]和專業農家[2]平均每戶所得已提高到一六七．二萬元及一九七．八萬元。但面對極端氣候和國際情勢快速變化，國內產業結構仍須極力調整和改革，未來還需要農業部門的所有團體和伙伴們持續共同打拼，讓在這塊土地深耕的農漁民收益可以提升，消費者糧食安全可以確保，台灣農漁業可以永續。

這些農業重大政策的推動，要非常感謝農業部的同仁和基層農漁會的參與及執行，才能具體照顧到第一線農漁民的需求，讓政策發揮效益。和農業部同仁們以及所有農漁會伙伴們一起打拼，是我一輩子的榮耀。願這本書獻給所有台灣的農漁民。

1. 主力農家：農家中有未滿六十五歲並每年從事九十天以上農作業的成員，且農業收入大於二十萬新台幣。

2. 專業農家：農家成員只從事自家農牧業，或從事非農業工作日少於三十天，且收入未達兩萬元新台幣。

目錄

第三部 永續農業，照顧最在乎的人——為守護農村的前輩們服務，將愛這片土地的心，傳承下去

第一部

打破宿命，給予安心的未來

——勤懇憨實的做事人，終於等來理應享有的福利與保障

Chapter

01

安心從農的農民福利制度

做事做到不能動爲止，
從沒想過受傷有保險理賠，
退休還有退休金。

（照片提供：簡慧茹）

「做事做到不能動爲止，從沒想過受傷有保險理賠，退休還有退休金。」

這是許多台灣農民的共同心聲，從農保推行三十多年以來，農民福利體系終於出現劃時代的重要變革……。

「做事」，是農民習慣用來形容務農的說法，對絕大多數的台灣農民來說，做事是一輩子的事。許多農民從懂事以來，還沒上學就開始下田幫忙，一直做到剩下最後一口氣、做到不能動為止，從沒想過從農一輩子後，能有退休金可以領。年紀大了以後，只靠著六十五歲後可以請領的幾千塊老農津貼，加減補貼生活所需。務農過程受傷了，也是鼻子摸摸、自己解決，大多忍耐著病痛、繼續做事。這是屬於台灣農民獨特的憨厚性格，但農民如果要成為一門專業的職業，想要吸引更多年輕人投入農業，這樣的從農環境勢必需要革新改變。

為了完善農民福利，經過多年努力，農民四大福利體系逐步落實，包括農民健康保險、農民職業災害保險、農業保險及農民退休儲金等「三保一金」。

農民健康保險的翻修工程

來自高雄美濃的木瓜青農劉舜隃，三十歲的他是難得一見的「農一代」，回到高雄美濃務農已經七年。但是，剛回到美濃的時候，他沒有辦法加入農保，因為他未持有農地，更沒有足夠的資金可以買農地，所以他只能在什麼保障、福利都沒有的情況下，繼續埋首種田。

跟許多農二代、農三代的背景不同，劉舜隃家裡是做建築的，起初他到台中讀書，畢業後也打算留在台中工作，但是因為看著爸媽的年紀越來越大，一方面想回家鄉美濃照顧家

讓真正務農的人有農民保險的保障，獲得實際的補助與資源，是農民福利改革的第一步。
（照片提供：黃致鈞）

人，另一方面他也看過叔公輩的親戚務農，對農業懷抱著興趣，因此決定返鄉。

但是，回到美濃後，他所面臨的現實問題一個接著一個出現，就像在打擊著他的決心。首先，因為家裡沒有農地、他自己也沒有農地，再加上租地種田時並未簽訂書面合約，所以他無法加入農保。在外地工作的時候，公司會幫員工投保勞工保險，但回鄉務農時，卻反而沒有任何保障。而且，剛開始務農的他，其實很需要農會的協助，沒辦法加入農保，跟農會的連結和關係就比較少，也很難知道種植相關的資訊與協助，當然連申請農機具等補助的資格也沒有。

從農業上的幽靈人口，成為真正的農民

像劉舜隃這樣被農保體系排斥在外的青農，不在少數。二〇一七年左右，許多對農業有興趣的年輕人選擇到宜蘭租地務農，但是因為許多青農並未持有農地，因此沒辦法加入農保，只好到農會陳情，希望農會幫忙向相關單位轉達他們的聲音，否則他們會變成「農業上的幽靈人口」。沒有加入農保，會造成這些青農許多損失。劉舜隃談到，農保的各種給付，他都沒辦法領取，包含生育、身心障礙和喪葬津貼等，因為許多農業補助的前提，都是申請人要具有農保資格。沒有農保，自然無法申請農機補助，

但是這些對農業滿懷希望的青農，正是最需要政府各種資源協助的一群人。

或許有人會問，法規上不是寫著「承租地有〇•二公頃也可以加入農保」？但實際情況是，許多持有農地的老農不願意出具書面契約，因為擔心過去「耕者有其田」[3]的政策再次發生，這些農地會一夕之間變成別人的土地，所以承租土地務農的青農，實際上並無法拿到租約，大多都是口頭約定。

實際詢問彰化芬園的農民謝武秀就對此表示，老農民都曾經歷「耕者有其田」的年代，他們很害怕在租約上蓋章，很怕土地會突然不見，回不來了，所以租地都習慣只用口頭約的方式。後來，為了讓實耕者加入農保，由改良場來認定實耕者資格，確實是讓大家比較安心的方式。

二〇一八年，農業部[4]完成法規修訂，二〇一八年二月二十一日起採由各區的農業改良場審查並核發實耕者證明，取得實際從事農業生產的工作證明後，就可以向農會

3. 「耕者有其田」是臺灣地區土地改革的項目之一，一九五三年（民國四十二）年開始徵收大地主的土地，並將其轉而放領給佃農或受雇農民。

4. 二〇二三年八月一日，為回應農業界期盼，因應氣候變遷，區域衝突加劇，農業需積極轉型，行政院農業委員會（簡稱農委會）配合行政院組織改造，改制為「農業部」。

申請參加農保。除了讓未持有土地的青農加入農保以外，承租河川地的農民、蜂農等這些實際務農的農民，以及過去受到法規限制無法加入農保的人，都陸續因為農業部修正農保相關辦法，成功加入了農保。

彰化縣福興鄉農會總幹事林坤宏說，讓實耕者可以加入農保確實非常重要。過去，很多青農明明有實際工作，但因為沒有土地就沒辦法加入農保，然而現在的農業講究經濟規模，耕地必須擴大才可以讓務農更有效益，再加上如今都採取機械化、智慧農機來耕種，若沒有將耕作土地擴大就很難執行。但是，很多青農沒有土地，必須承租土地，而這些實際耕作的人卻沒有農保保障，相當不合理。所以，採用「實耕者認定」的措施之後，大家就可以加入農保了，對青農們有實質的幫助。

彰化縣芬園鄉農會總幹事黃翊愷表示，以前因為法規的限制，沒有持有土地的農民無法加入農保；沒有土地的實耕者，如果沒有加入農保，就沒辦法申請多種補助。現在實耕者的認定，對投入務農工作的青農們來說，更有保障。劉舜隃也提到，好不容易看到有實耕者可以加入農保的資訊，他趕快請農會協助申請，取得實耕者證明後，終於順利加入農保，成為法規上名副其實的農民。

物價指數持續上漲，農保必須與時俱進

「我們做事的都說，以前的農保除了生小孩，要斷手斷腳或過世才有得領，現在保障增加了，眞的很有感！」

農民謝武秀說，東西越來越貴，農保卻從沒調整過給付的金額，實在不合理。其實喪葬津貼，他也用不到，但最主要是不想身後事還要子女擔心。本來的農保喪葬津貼連辦個後事都不夠用，只要想到將來子女還得籌錢才能替他辦後事，他的心裡就很過意不去，直到二〇二三年，喪葬津貼終於增加了，這才讓他鬆了一口氣。

從一九八九年全面實施農民健康保險以來，農保對農民的協助主要僅提供三種給付：生育給付兩萬四百元、身心障礙給付七千一百四十元、喪葬津貼十五萬三千元。隨著物價逐漸提高，各項給付並未反應物價現實狀況。

與勞工保險和國民保險相比，三十多年未調整的農保月投保金額長期偏低，加上考量勞工每月基本工資及消費者物價指

我們做事的都說，以前的農保除了生小孩，要斷手斷腳或過世才有得領，現在保障增加了，真的很有感！

數均已有相當成長幅度，因此農業部提出修法。二〇二三年一月十日由立法院三讀通過「農民健康保險條例」部分條文修正草案，將農保月投保金額由一萬兩百元提高為兩萬四百元，生育給付提高三倍達到六萬一千二百元，喪葬給付津貼加倍來到三十萬六千元，所增加的保費由政府負擔，農民維持只要負擔每月七十八元的保險費，讓農民享有「保費不變，給付加倍」的福利。

彰化縣芬園鄉農會總幹事黃翊愷說，農民們都曾經跟農會反應，農保喪葬給付真的不夠用，因為現在沒有二十幾萬，根本沒辦法辦喪事。他和很多農會總幹事都曾向吉仲部長提出調整的建議，最後真的通過了條例，可以說是農民最有感的一項調整。

福興鄉農會總幹事林坤宏也指出，農保的「保費不變、給付加倍」是很重要的里程碑，因為以前的喪葬津貼真的太少了。隨著物價指數上漲，通膨越來越嚴重，給付加倍才能讓農民獲得基本的保障和水準。

「保費不變，給付加倍」，讓農民真切感到「被照顧」。（照片提供：黃致鈞）

翻轉農業的幕後故事

陳吉仲

一九八八年五月二十日，農民運動的訴求之一，就是爭取農民保險，前總統李登輝先生當時為了回應農民，自一九八九年起，全面實施農民健康保險。但是，農保其實只有生育、殘障和喪葬死亡三種給付，而且直到二〇二三年這三十五年間，給付金額從未隨不斷升高的物價指數做調整，保障農民的範圍相當有限。

為了真正完善的農民保險，農民健康保險就要與時俱進。在前總統蔡英文女士執政時，除了提高農保月投保金額之外，所增加的保費由政府負擔，農民負擔的保費不變，各項給付皆提高。此外，針對新申請參加農保者，應予強制參加農民職災保險，以保障農民遭遇職災的經濟安全。

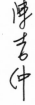

關鍵一步：人地脫鉤

讓農民健康保險既有的給付增加還不夠，更重要的是農保要能達到「人地脫鉤」，才能讓真正務農的人參與農保。還記得二〇一六年、我剛擔任農委會副主委的時候，到宜蘭跟青農們了解他們實際務農狀況，許多青農紛紛反映他們沒辦法加入農保。我記得他們的一字一句：「我明明就有實際耕作，為什麼不能加入農保？」沒有農保，就等於拿不到任何中央的補助，務農權益受到損害，因此我跟同仁開始想辦法，如何讓農保資格可以真正的「人地脫鉤」，讓這些買不起農地的青農們，可以加入農保。

儘管二〇〇〇年農業發展條例修正後，就把參加農保的資格從「農地、農有、農用」調整為「農地農用」，不限「農有」也可以參加農保。但是，許多擁有農地的農民，心中還是懼怕過去「耕者有其田」的政策，害怕因為一紙租賃契約，未來可能會將農地拱手讓人，大多只願意用口頭約定的方式租地，導致許多實際務農的農民，往往無法取得書面租賃契約，因此無法加入農保，更無法獲得政府相關的農業補助。

為了讓實際務農的農民可以參加農保，獲得應有的保障，我們將過去申請農保「認地不認人」的政策，調整為「人地脫鉤」的方式，農業部修正「從事農業工作農民申請參加農民健康保險認定標準及資格審查辦法」及訂定「實際耕作者從事農業生產工作認定作業要點」。二〇一八年二月二十一日起，採由各區的農業改良場審查並核發實耕者證明，取得實際從事農業生產地工作證明後，就可以向農會申請參加農保。

過去許多青農就是因為參加農保資格綁地的限制，無法加入農保，也因此跟農會關係很疏離，對農會有很多誤解。「人地脫鉤」的政策上路後，讓實耕者可以加入農保；青農加入農保後，開始跟農會有更多互動，了解農會可以幫助農民的地方；農會有青農會員加入，注入更多新一代的活力，發展力道就會更大。

擴大納保對象

除了讓實耕者可以加入農保以外，許多在河川公地上耕作的農民、蜂農，儘管實際務農卻也無法加入農保，因此我們將農保擴大納保對象。

有一群為數不少的農民向經濟部水利署河川局或國有財產署承租河川地耕作，大約一萬七千人承租一萬六千公頃河川地務農，這些農民也因為法規限制無法加入農保。在修改相關規定之後，二〇一九年起，凡持河川公地種植許可書的實際耕作農民，可依規定參加農保。

農保範圍也擴大到養蜂農民。由於養蜂需要隨蜜源遷徙，沒有固定農作場域，原本養蜂農民同樣無法申請加入農保及獲得農業相關補助。二〇一八年，「從事農業工作農民申請參加農民健康保險認定標準及資格審查辦法」修正發布後，養蜂農民也能參加農保了。

（資料來源：農業部；圖表提供：陳吉仲）

農民職災保險，農民著傷不必再「糊牛屎」

「以前我們都說，農保要人死了才有賠。現在保農民職災保險以後，受傷了還有理賠可以申請，感覺真的比較有保障。」

務農是很容易受傷的職業，從農的職業災害風險是其他行業的四倍。日本曾統計過，日本農民每千人中，有八．二至八．八人因工作受傷、死亡，遠高於全產業平均值每千人的二至二．一人。長久以來，農民受傷都只能自己想辦法，醫藥費也是自己付，農民都戲稱受了傷只能「糊牛屎」[5]，自掏腰包認賠。

除了職業傷害，農民也必須承擔罹患職業病的風險。嘉義民雄的蓮藕農許有鋒，長年來穿著青蛙裝，走進水深及腰的蓮藕田，彎腰在水裡徒手挖蓮藕。由於手部姿勢長時間呈彎曲狀，在還沒有機器可以採收蓮藕的時候，許有鋒挖蓮藕挖到手變形，無法伸直，雙手就像老鷹的爪子一樣。

像這樣因為長期務農造成的職業病，直到二〇二一年，因為推行了農民職業災害保險，在經過專業的評估之後，只要認定是因務農造成的職業傷害或職業病，農民就能獲得理賠。

既然是專業，就要有職災保障

農保原本是沒有職災保險的，雖然有醫療給付，但其實就是一般看病的保障而已，並沒有包含職業傷害或職業病的理賠，而且在一九九五年全民健康保險開辦後，直接將農保中的醫療給付，移撥給中央健康保險局辦理，所以農民長久以來，都沒有職業災害保險。當一個職業沒有職災保險，就很難被認定是一個專業的職業。為了讓遭遇職災的農民和其家屬可以有較穩定的經濟安全保障，農業部參考

5. 在台灣諺語中有一句「著傷糊牛屎」，意指受了有形或無形的傷害、損失，因為無法討回公道，只好自行療傷，是一種戲謔式、自我解嘲的說法。

在水深及腰的田裡徒手挖蓮藕，長期手勢呈彎曲狀而變形，是蓮藕農常見的職業病。
（照片提供：簡惠茹）

勞工職業災害保險，於二〇一八年十一月一日起，試辦農民職業災害保險。

在文旦成熟後，台南麻豆的文旦農李秀蘭，採收時往往要不斷的爬上爬下，多年來有不少因為採收文旦而摔傷的經歷。去年她摔下來後壓到手指，手指斷了，還好那時候已經有了農民職災保險。種文旦這麼多年，李秀蘭第一次在受傷後能領到理賠給付，很有感觸。

雲林北港的農民黃仁志提到，前年在調整大豆採收機的時候，一根手指頭被捲入機器，絞斷了一截。他說，以前沒有職災保險的時候，他就只能自己付醫藥費，除非有另外投保商業保險，不然就沒有任何保險的理賠保障。現在，受傷後的他還能有職災理賠，這是務農這麼久以來，沒有想過會獲得的幫助。

當一個職業沒有職災保險，就很難被認定是一個專業的職業。

許多農民都曾開玩笑的說，「以前的農保，你要斷手斷腳或死掉才有理賠」。這句話背後反映的，就是以農民為業、卻沒有職業保險，是十分不合理的事情。福興鄉農會總幹事林坤宏說，農民在農田耕作時，受傷是家常便飯，例如在使用農具時不慎受傷，或者赤腳巡田水時，腳被割傷；在大熱天下田工作，中暑、熱痙攣或熱衰竭的情況也經常發生。此外，噴農藥時不小心噴到眼睛，在田埂間跌倒等，都是農民常見的意外。

不只農耕常出現職災，畜牧業的農民也會面臨到職災風險。彰化縣芳苑鄉農會總幹事謝介民表示，像芳苑是以畜牧業為主，無論是養雞或養豬，提重物或搬飼料時都可能會受傷，所以農民就會比較需要職災保險，農會就要擔任農民和政府之間的橋梁，把對農民有益的政策透過各種集會的場所跟他們宣導，讓農民受益。

以往，這些因為務農而造成的身體傷害，農民因為沒有任何保險，只能自費就醫。林坤宏說，但是農民多半都很節儉，經常選擇忍耐，很少去看醫生，有時候可能因而造成更重大的傷害，例如拖到變成蜂窩性組織炎才就醫，病情就很嚴重了。現在，農民只要繳納基本的保費，就能獲得一定的保障，再加上有職災保險可以給付，他們就醫的意願提高，演變為重大傷害的可能性相對較小，對農民來說，這是一項十分友好的保險。

台南市官田區農會總幹事林定億說，以前農民因為沒有職災保險，通常只能自己再另外保個意外險，以防受傷時沒有任何保障。在官田地區，很多農民要爬梯子到高處採收酪梨，有些農民就曾經從梯子上摔下受傷，還好現在有職災保險可以申請理賠。

林定億提到，他印象很深刻，職災保險才開辦不久，有位農民在開車前往田地的途中發生交通事故，被撞成了植物人。農會很詳細的幫他畫出行車的路線圖，確認是在工作途中發生意外，並且協助申請理賠，最後也順利領到理賠金。這筆錢對病人及家屬來說，都是很大的幫助。

農會扮演重要橋梁，為農民爭取權益

台南市白河區農會保險部主任潘韋伶提到，農會的保險部門經常需要協助農民填寫文件，例如證明農民確實是在採竹筍的時候被蛇咬，或者證實農民是在前往田地工作的路上發生交通意外。例如，她曾處理過有一個案件，農民開車掉入田地旁的大排水溝，經過證實為從農途中的事故之後，農民順利獲得理賠。

由於許多農民受傷或被蛇咬了以後，並不會叫立刻救護車，通常都是先騎車回家後才叫救護車。這時候，農會就要幫忙農民詳實的記錄受傷過程，才能順利讓農民獲得理賠。也就是說，農會擔任的角色，就是當農民和勞保局溝通的重要橋梁。

為了讓更多農民加入職災保險，除了農業部補助一半的保費之外，地方政府和農會也都會加碼補助，希望農民在不幸受傷以後，能有職災保險的保障。例如高雄市美濃區農會為了推廣農民職災保險，第一年開辦時，由農會幫農民繳交保費，目的就是要讓農民知道這個政策對農民的好處。

美濃區農會總幹事鍾清輝說，一開始因為怕農民不清楚什麼是職災保險，所以農會決定拋磚引玉，第一年由農會幫忙繳交保費。要是農民覺得不錯的話，第二年自然就會願意自己繳費續保。事實證明，第一年有參加的，後來幾乎全部都有續保。所以，農會就是起一個帶頭的作用。

雲林縣北港鎮農會總幹事林翠香表示，農會要走到第一線去跟農民宣導，說明農業職災保險的優點是什麼，然後用最簡單、簡便的方式，來幫農民申請。如果勞保局提出質疑，她會直接幫農民跟勞保局溝通，因為農會最了解農民的實際狀況。

翻轉農業的幕後故事

陳吉仲

開辦農民職業災害保險的初衷，就是要完整農民福利。原本的農保設計，並不具有職業災害保險的概念，勞工和公務員皆有職業災害保險，但農民卻沒有真正的農民職災保險。從農者受傷機率很高，好比天氣太熱在田間中暑昏倒，採摘水果從高處摔下來等。我的父親就曾被有腐蝕性的農藥噴到眼睛，必須緊急送往醫院、住院治療，但住院期間並沒有職災保險可以申請理賠。所以，農民經常自嘲「受傷只能糊牛屎」，就是因為農民受傷沒有任何保障，往往只能自掏腰包醫治。

農會擔任最佳應援

為了讓從農受傷的農民和家庭經濟安全獲得保障，我們參考勞工職業災害保險，於二〇一八年十一月一日起，試辦農民職業災害保險。首先，第一道要克服的關卡，就是要讓農民健康保險主管機關改隸屬於農業部，才能取得辦理農民職災保險及訂定相關子法之授權依據。經過跨部會不斷的溝通協調，才順利讓事權統一。再者，「農民職業災害保險試辦辦法」在二〇一八年十月九日訂定發布後，又面臨「誰來執行」

的問題。農會是在第一線最了解農民的農業組織，因此我們請農會來受理農民參加職災保險的申請，加上農會本來就有保險相關部門，可說是最適合承辦這項工作的角色。

農會可以協助兩個重點。第一，由於農業的職業傷害樣態很多種，需要由勞動部勞保局、農業部門和專家開會，確認職災樣態和是否理賠。這時候就需要農會協助農民申請並且說明清楚傷害發生經過，例如若農民在騎摩托車將農產品送到市場交易的路程中發生交通意外事故，就算職災。但是，申請文件資料上如何說明、呈現，就需要由農會同仁來協助農民。第二，農會也是第一線向農民推廣說明農民職災保險政策的重要角色。新的政策對農民來說很陌生，所以相當需要農會向農民說明清楚，政策對農民的好處是什麼，讓農民願意嘗試新的改變，否則政策出來後如果不能好好執行，就會空有美意、卻沒有辦法落實。

農民職災保險範圍與給付

二〇一八年十一月一日農民職災保險上路時，採用「先傷後病」的作法。由於職業傷害的因果關係較為明確，所以第一階段首先納入職業傷害作為保險範圍，採取自願性加保的方式，保障範圍包含在田間從事農業生產導致傷害，從農期間整修農具造成的傷害，以及田間工作常見的農藥中毒和熱衰竭等。第二階段為二〇二一年九月十日開始，將職業病納入農民職災保險給付範圍，擴大保障農民職業安全。由於農業工作職業病的認定相關流行病學研究較少，農業部參考勞工保險及職業傷害防治服務制度，將農民職業病認定原則，分為「傳統職業病認定」和「擬制視為職業病」兩種模式。

「傳統職業病認定」部分，比照勞工保險制度，將獲得流行病學具體共識、因果關係明確者，正面表列為職業病項目，並訂有認定參考指引，以提供醫師診斷參考。舉例來說，採收洋蔥導致黴菌性角膜疾病、農藥中毒、中暑熱痙攣和熱衰竭等，就是這個類別。「擬制視為職業病」由於尚未獲得流行病學具體共識，則會由各區職業傷病防治中心及合作網絡醫院的職業醫學科專科醫師協助個案評估，診斷該疾病與農業工作有相當因果關係。評估案件經過勞工保險局審查通過後視為職業病，提供農民職災保險給付。

農民職災保險提供「傷害給付」、「就醫津貼」、「身心障礙給付」及「喪葬津貼」等四項現金給付，與農保擇一請領。為鼓勵農民投保，其中保險人自行負擔六成保費，其餘四成由中央主管機關和地方政府補助，因此農民每月僅須繳交十五元，即可享有保障。有的農會或地方政府更加碼補助額度，讓更多農民受惠。二〇二三年二月，農民職災保險月投保金額調高為兩萬四百元，農民職災保險的傷病給付及喪葬津貼也都連動調高：農民職災保險的傷病給付增加一倍為每日四百七十六元，農民職災保險喪葬津貼由三十萬六千元加倍為六十一萬兩千元。

當農民從農時遭到意外事故、導致職業傷病，從不能工作的第四日起，可以請領傷害給付，提供被保險人收入減少的補償，最多可請領兩年，第一年每月可領月投保金額七成，換算下來每日可領四百七十六元；第二年則可領投保金額五成，換算每日傷害給付是三百四十元。另外，還有就醫津貼，視治療情形，隨同傷害給付一併發給門診津貼每日五十元或住院每日九百元。這對農民來說，是很大的幫助。

（資料來源：農業部；圖表提供：陳吉仲）

農民也有退休金！

「農民有退休金這件事，讓我感覺看到未來。」

台南後壁的青農黃啟豪回鄉務農大概有三四年的時間。從農後，對於農民沒有退休金，他有很大的感觸。他說，本來當勞工的時候，退休有退休金，當農民的則是六十五歲以後，只有老農津貼八千塊。直到後來，有了退休儲金的制度後，才讓他覺得看到了務農的未來。

黃啟豪說：「退休儲金對從事農業是一個很重要的保障，因為我不可能一直工作到七十歲、八十歲，都還一直在做。這可能跟上一輩務農的想法不一樣，長輩們的觀念會是做到不能動為止。看到八、九十歲的長輩，頂著大太陽還在田裡工作，我真的很敬佩。但對我們這一輩來說，務農如果沒有退休的概念，反而會有點擔心投入這個工作。退休後有一筆穩定的退休金，讓我覺得我的未來比較有保障。」

退休儲金是給農民基本的保障與尊重，同時也給願意回鄉的青農、繼續留下來打拚的動力。
（照片提供：黃致鈞）

對專業的基本尊重

「農民有退休金是一個基本的尊嚴。」

彰化縣福興鄉農會總幹事林坤宏說，退休儲金是給農民基本的保障，因為農民辛苦務農一輩子，要是晚年只有老農津貼，沒有退休金，怎麼有辦法吸引更多年輕人投入農業？

時間回到二〇一九年，嘉義縣梅山鄉農會舉辦了一場「農民福利與年金制度座談會」。這場會議中，農業部抛出一項嶄新的政策制度，也就是「農民退休制度」，農民滿六十五歲退休後，就可以領取老農津貼和退休金，希望從農有更大的保障，這是農退儲金的概念第一次現身的場合。

農民退休儲金的概念在梅山出現時，獲得當時在場的立委、總幹事和農民的支持。梅山鄉農會前總幹事黃世裕表示，長久以來，農民做事一輩子，都沒有什麼退休的保障，有農民退休儲金的政策出現，很多農民都是鼓掌稱讚，原來還有這樣的方式來保障老了以後的生活。

嘉義縣農會總幹事黃貞瑜當時也出席該場活動，她說，農民的收成往往只能看天

「三保一金」讓「農民」成為一個有未來的職業。
（照片提供：黃致鈞）

吃飯，農民沒有頭家（台語：雇主），收入跟工作環境更是沒有任何保障。還記得當時的時空背景，許多農業縣——包含嘉義縣的立委們，都在為農民爭取應該要逐年提高老農津貼，讓從農者有基本津貼保障，而時任農委會主委的陳吉仲回應立委說：「農業應該走向保險制度、老農退休儲金制度才能真正保障農民。」她說，她感受到吉仲部長率領的農業部團隊是想要解決長期的農業問題，大刀闊斧的進行改革，而非停留在頭痛醫頭，腳痛醫腳。新政策勢必有磨合期，但透過不斷的檢討修正，成功後必為農民之福，讓台灣農業進入新時代。

官田區農會總幹事林定億表示，「三保一金」對農民來說，讓「農民」成為一種有未來的職業。以前，大家會羨慕勞工有退休金，現在農民也有退休金了，而且農民繳多少，政府就提撥多少，所以

現在，農民有了退休儲金，這表示農業是一個可以傳承的事業，也是對農民身分的一種肯定。

農民接受度很高，尤其是青農都很有意願參加，因為越早繳，退休後就能領越多。

為了讓更多農民知道這些新的政策，美濃區農會總幹事鍾清輝提到，農會都會直接向大家說明，例如針對還沒有參加農退儲金的農民開說明會，然後寄信給每一個人，請大家有空一定要參加說明會，告訴大家這不是在拉保險，而是擔心大家不知道這個政策的好處，所以沒有加入或太慢加入，都會影響到自身的權益，同時鼓勵大家參加農退儲金。

有農民退休儲金，又有農民職災保險以後，鍾清輝認為，三保一金的政策，最重要的就是把「農民」當成一份真正的職業。以前的農民領老農津貼，但是老農津貼其實是屬於社會福利政策。現在，農民有了退休儲金，這表示農業是一個可以傳承的事業，也是對農民身分的一種肯定。

「現在實耕者可以加入農保、有農民職災保險，還有農民退休儲金，真的會大大的放心。」高雄美濃的青農劉舜隃說，這幾年只要認識了其他想要回來務農的青農，他都會告訴他們，現在有這些制度的保障，可以安心回來從農。

翻轉農業的幕後故事

每次一到選舉期間，增加老年農民福利津貼就會變成選舉話題，每位候選人都喊著要加碼照顧農民。老農津貼確實是給農民老年生活的一個保障，隨著物價指數調漲有其必要性，才能反應物價水準，這是社福津貼調整機制的一環。二〇二四年，老農津貼調漲到八千一百一十元，對老人家生活所需來說，不無小補。

農民退休儲金

但是，若把「農民」作為一份職業來看，老農津貼不能直接視為退休金。一位農民務農辛苦了大半輩子，如果退休後只能領八千元的老農津貼，這會讓務農的人看不到未來，也無法吸引更多青農投入農業，畢竟老農津貼是福利的概念，並不是完整的退休制度。根據勞保局二〇二二年的統計，勞工退休金平均月領一萬八千元，比起老農津貼的金額，差距確實很大。

因此，在二〇二〇年總統大選前，前總統蔡英文尋求連任之際，我們提出「農民退休儲金」的規劃，要幫農民健全退休制度，讓農民真正成為一份專業的職業。我們特別是採取「儲金」的方式，而不是「年金」，因此對政府財政負擔壓力不會太大。

陳吉仲

農民退休儲金是參照「勞工退休金」制度，設立農民退休儲金個人專戶，提供未滿六十五歲、實際從事農業工作的農保被保險人，且未領取相關社會保險老年給付的農民自願參加，並且依照農民提繳比率，在一～一〇%的範圍內自行決定，政府對等提繳金額。

農民退休生活由老農津貼加上農民退休儲金，提供雙層保障。若按老農津貼每四年依照消費者物價指數調整，以及農退儲金設算條件，如果農民從四十歲開始提繳農退儲金，六十五歲退休後，老農津貼加上農退儲金可月領兩萬四千元；三十歲就開始提繳的話，更可以月領三萬七千元。也就是說，越早提繳，退休之後就能領越多。

新農業政策
2021年上路
建立
農民退休儲金制度
享有與其他職業同等的退休生活！
老農津貼
+
農民退休儲金
提供雙重保障
越早提繳 領越多！
農民與政府1比1對等提繳
30歲起提繳退休月領超過3萬元
#保障老年經濟安全
#農民營農獲得全方位保障
（資料來源：農業部；圖表提供 ：陳吉仲）

我想要說的是，當一個職業變得專業以後，就不會被當作弱勢。所以，農業要讓更多青農投入，讓專業農增加，農業才能永續。無論是精進農保、開辦農民職災保險、推動農民退休儲金，都是要讓農民成為一個專業的職業。

Chapter

02

避免看天吃飯的政策型農業保險

唯有從等待救助轉爲自主管理經營風險，
才能讓農業成爲專業經營的產業，
也才能達到農業永續。

（照片提供：蔡沛廷）

農作物一下大出、一下減產，農民收入往往要「看天吃飯」，太過豐收可能因為供給過多而價格下滑，減產雖然可能價格較好，但量太少、收入整體也不佳。務農收入的不穩定性，是許多農民的無奈。農民收入甚至還會受到政治因素的影響，造成農民銷售管道受阻。如果外銷量下降，國內供給量突然增加，價格因此下降，甚至會出現產品滯銷、價格崩盤的情形。

農民的收入來源，是農作物的產量乘上價格，但是產量和價格的變化受到許多因素影響，如天災、病蟲害等，加上全球氣候變遷加劇，災害類型也更多樣，務農的風險越來越高。

為了確保農民收入穩定、分散風險，實施政策型的收入保險是全球趨勢，例如美國從一九九六年就推行農業收入保險，韓國也在二〇一五年開始實施農作物收入保險，日本則是在二〇一九年開始實施農場收入保險。台灣則是在二〇一七年，正式推出第一張政策型收入保險的保單。從二〇一七年到二〇二三年間，農業部已開發出二十七種品項、四十三張保單，希望能強化農民面對災害的能力，讓農民務農生活更有保障。

政策型收入保險，不以營利為主要目的，其政策目的要確保農民收入穩定，並以風險管理概念取代單純補助的天然災害救助。近年來，農損越來越嚴重，單靠政府補助不但不敷農民生產成本，也會累積越來越龐大的政府財務支出。因此，如果農民可以導入經營風險的概念，農業才能更加永續發展。

台灣第一張政策型農業保險——釋迦收入保障

台灣第一張政策型農業保險，要從釋迦開始講起。由於颱風災損加上中國政治因素干擾市場，收入保險不僅穩住農民的心，也穩住了農民收益。

回想起二〇一六年重創台東的尼伯特颱風，許多釋迦農民仍心有餘悸，當時造成全國農損超過十億元，其中釋迦的損失更是讓人不忍目睹。颱風過後，釋迦園就像被炸彈炸過一樣，滿目瘡痍，樹幹倒的倒，釋迦掉落滿地，如果要重新種植的話，農民將面臨的是未來三年收入堪憂。根據農業部統計，當年釋迦災損面積超過四千四百六十三公頃，損失金額超過五億元，全國釋迦種植也不過五千公頃左右，可見得損失的慘重情況。

由於颱風災損加上中國政治因素干擾市場，收入保險不僅穩住農民的心，也穩住了農民收益。

天災難免，農業保險為農民保底

台灣第一張政策型農業保險，就在這樣的危機中催生出來。農業部在二〇一七年推出釋迦收入保險，目的就是希望保障釋迦農民的收入，不要再因為颱風等天災，造成農民血本無歸。

釋迦收入保險的機制，是當農民的實際收入低於基準收入時，就會啟動理賠，因此可以確保農民收入維持一定的水準。釋迦收入保險從二〇一七年開辦，承保標的包括大目釋迦及鳳梨釋迦。二〇二一年九月，中國禁止輸入鳳梨釋迦時，為保障農民生產成本，更進一步推出「成本型鳳梨釋迦保險」。二〇二二年，農業金融署（簡稱「農金署」）因應產業結構調整並參考農民建議，將鳳梨釋迦原有「成本型」及「收入型」兩種型態保險，整合為一張收入型保險，並提供保障程度九五％、八〇％及七〇％等三種方案，供農民選擇。

釋迦農民收入除了受到天然災害影響，也遭遇到政治因素的干擾，造成收入不穩定。二〇二一年，中國突然無預警片面宣布禁止台灣釋迦進口，嚴重影響釋迦農民收入，尤其鳳梨釋迦高度依賴外銷，其中九成銷往中國市場，因此農業部為穩定鳳梨釋

政策型農業保險讓釋迦農不再因為天災而血本無歸。
（照片提供：簡惠茹）

迦果農收入，於二〇二一年九月推出鳳梨釋迦收入保險，提供每公頃收入保障額度有四十萬元及四十五萬元的兩種方案，供農民選擇。農金署指出，總計投保一千二百二十六件，面積一千六百九十二公頃，投保率達六〇%，創歷年新高。

為有效減輕農民負擔，農業部補助五〇%的保費，台東縣政府再補助一〇%。以保障額度四十萬元、每公頃保險費一千六百八十二元為例，農業部補助農民保費八百四十一元，台東縣政府再補助一百六十八元，農民僅須負擔六百七十三元，即可獲得基本保障。

整體來說，二〇二一年因受氣候與中國禁止進口影響，導致釋迦銷售價格及產量均減少，因此釋迦收入保險達到理賠標準，共有一千三百二十三位農民受益，理賠面積一千七百六十九公頃，理賠金額為一．四四億元，理賠率達七六八%，讓農民的損失獲得合理補償。

台東地區農會總幹事李建通對此表示，農業保險政策有一個重要意義，就是要保本。台東釋迦農民種植成本每公頃大概是四十五萬元，保險理賠至少讓農民可以拿得回成本。台東面臨太平洋，每每颱風來襲總是首當其衝，所以常常因此造成農作物產量銳減，再加上這幾年因為外銷中斷，銷售量也因此大幅減少。這兩年，有投保的農民都有拿到三十萬理賠金，這筆錢對農民來說幫助很大，至少收入減少的時候，還可以溫飽。

翻轉農業的幕後故事

我在美國讀書的時候，研究領域就是美國農業保險，相關論文也曾發表於經濟學期刊。經過學術上的模擬驗證，證明農業保險可以因應氣候變遷的衝擊，減少農民的損失和影響，因此我認為，這一定要去推動、必須要去推動，才能避免農民看天吃飯，讓農業真正往前走。

「救助」和「保險」是兩種不同的概念，前者是既有長久以來台灣農業政策的作法，由政府補貼農民的損失，後者則是風險管理的概念。唯有從等待救助轉為自主管理經營風險，才能讓農業成為專業經營的產業，也才能達到農業永續。

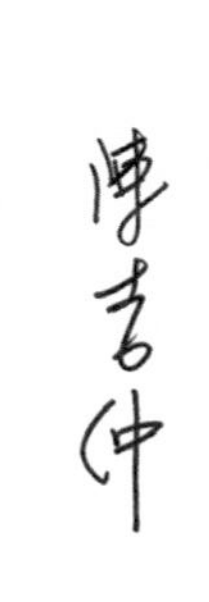

政策型保單的必要性

過去在智庫幫忙當時正在參選的前總統蔡英文準備政策白皮書的時候，我就已將農業保險寫入白皮書中。二〇一六年初的霸王級寒流造成農業很大的損失，當時參選總統的小英就有宣示，未來執政的話，一定要實施農業保險。

前總統蔡英文執政前，國內只開辦了一張梨保險保單，而且是屬於市場型保單，由民間保險公司擔任保險人。但是，市場型保險的保障範圍有限，畢竟私人公司還是有其商業考量，因此勢必還要有政策型保單，才能真正保障農民損失，不會血本無歸，可以得到合理的保險理賠。

由於部分農作物相關數量及價格等的統計數據不完整，導致商業產險公司無承作意願或配合政策需要辦理，因此由政府規劃開發保單，再由政府指定的農民團體（例如農會）來擔任保險人，就是政策型保單的執行方式。

（資料來源：農業部；圖表提供 ：陳吉仲）

起初，農業發展條例只有寫政府必須開辦農業保險，但沒有完整法規依據。所以，我們從二〇一六年起，採取各種方式，先行試辦農業保險，並逐步完整法規。農業部於二〇一七年提出「農業保險法」草案，經立法院三讀通過後、由總統公布，於二〇二一年一月一日正式施行。

全國最大災損農作物——水稻收入保險

水稻是天然災害現金救助第一大宗的農作物，稻子尤其容易受到颱風影響，風雨會造成倒伏，水稻農民的收入往往只能看天吃飯和政府給的補助。但是，現在的災害類型越來越多，不只是颱風會造成減產，極端氣候與病蟲害同樣是稻農要面臨的問題。如何讓稻農不會因減產造成收入銳減，同時養成風險管理的概念，是水稻收入保險推行的初衷。

水稻收入保險從二〇二二年起開辦，分為「基本型」及「加強型」。「基本型」保險為全面納保項目，農民無須繳納保險費，由農業部全額補助，理賠基準為各鄉鎮市區平均產量減產超過兩成，每公頃即可獲理賠一・八萬元。「加強型」保險提供沒有申報公糧[6]的農民自由選擇加保，並區分為「一般加強型」及「優質加強型」，兩者保費相同。農金署表示，優質加強型僅限「契作集團產區營運主體」，或取得「有機」、「產銷履歷」或「友善環境耕作」驗證的農民可以加保，能獲得較高的理賠金

6. 國家所儲存的米糧稱為「公糧」，是政府按照保證價格向農民收購的稻穀，買回來放在委託倉庫裡。

額，以適度引導農民種植高品質稻米，提升產業競爭力。至於保費部分，農業部補助五成保險費，而且部分縣市政府亦加碼提供補助，農民最低只要繳交一成的保險費，保單即可生效，大幅降低保險費負擔。

多元保險型式，保障更全面

花蓮富里水稻農潘美秀就有投保加強型水稻收入保險。她說，富里鄉農會幫農友上課，讓她更認識什麼是水稻收入保險，於是她選擇投保加強型水稻收入保險，多了一分保障和一分安心。以前，天然災害現金救助都要因颱風造成的災損才能領到補助，但是現在病蟲害越來越多，有投保的話，只要減產達到一定的量，就會啟動理賠，擴大了保障範圍。

現在種田跟上一代的環境很不一樣，沒辦法預測天氣狀況和災害狀況，能有保險的保障，種田才能更安心。

沒想到，就在她投保之後，富里鄉剛好有許多水稻田因病蟲害造成減產的狀況。潘美秀說，她因為有投保水稻收入保險，就有獲得好幾次的理賠。現在種田跟上一代的環境很不一樣，沒辦法預測天氣狀況和災害狀況，能有保險的保障，種田才能更安心。

除了降低因天然災害造成的收入損失之外，水稻收入保險讓稻農養成風險管理的概念。
（照片提供：簡惠茹）

花蓮縣富里鄉農會總幹事張素華說，基本型水稻收入保險理賠金額跟之前的天然災害救助金一樣是每公頃一萬八千元，水稻收入保險還有加強型，保障會更全面。但是，農業部剛開始推這個政策的時候，農民會擔心「看得到，吃不到」，心裡也會懷疑，怎麼可能領得到？農業部到富里鄉開說明會後，有些農民聽完很想試試看，可是又怕受傷害。於是，富里鄉農會決定剛開始試辦時，由農會來幫農民付一〇％的保費，縣政府也再加碼補助。結果，就在保險啟動之後，富里鄉就陸續遇到病蟲害的問題，造成稻米減產，農民確實也獲得理賠，農民就知道真的會有理賠，不是騙人的。

舉辦說明會，簡化投保手續，增加農民投保意願

「水稻收入保險對農民是真的很好的政策。」

為了讓農民更了解水稻收入保險對大家的好處，張素華親自參加產銷班班會，直接面對面向農民說明保險的好處是什麼。此外，富里鄉農會為了方便農民加入，更簡化投保手續，讓農民在參加集團契作簽訂合約的時候，就可以同時完成投保，不用再多跑一趟。

張素華認為，以前要申請風災後的天然災害現金救助補貼，要先去田間照相，確認損失達到二〇％，才能拿到補貼的一萬八千元，但是收入保險不管是因為颱風災害或是病蟲害減產，只要減產達到標準，就會啟動理賠機制。現在極端氣候造成的不可控因素太多，富里鄉就面臨了好幾次減產的問題，收入保險讓農民可以不用看天吃飯，收入更有保障。

同樣為了保障水稻農的收益，引導農民種植更優質的稻米品種，農會祭出許多誘因，其中一個就是補助保費。高雄市美濃區農會總幹事鍾清輝說，農會加碼補助與農會契作高雄一四七號品種的水稻農民，只要投保加強型水稻收入保險，保費由農業部出五〇％、高雄市政府出三〇％，農會再補助二〇％，讓配合種植「高雄一四七」的農民更有保障。

鍾清輝說，萬一遇到天然災害，造成農民收入減少，水稻收入保險就可以確保農民的收益。例如，二〇二二年一期水稻實際產量，比過去五年的基準產量減少了兩成以上，就有達到水稻收入保險理賠的標準。由於基本型水稻收入保險是強制全面投保，契作「高雄一四七」的稻農又有投保加強型，總計就可以領到每公頃五萬六千元的理賠金。

鍾清輝也提到，現在極端氣候的影響，有收入保險對農民來說，確實多一分保障。不過，保險理賠產量調查的方式，建議要持續滾動檢討，才能確實反應真實的情況，讓更多農民願意參加保險。

翻轉農業的幕後故事

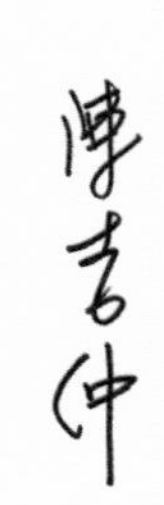

「農業保險法」立法有三項重點。首先，可透過法律明確賦予農業保險法定地位，並且可以設立財團法人農業保險基金，專責辦理農業保險，以建立風險分散機制。第二，擴大農業保險保障範圍，不以天然災害為限，還可將疫病、蟲害及市場等風險，納入保險範圍。第三，建立雙軌保險人運作機制，保險公司及農漁會都可擔任保險人，以提升保險業務經營效率。而政府保費補助以三分之一至二分之一為原則，提供長期穩定的保費補助，並鼓勵地方政府提高補助比率，減輕農民負擔。

回想起農業保險推動過程，就要提到二〇一六年七月的尼伯特颱風，當時颱風造成台東釋迦全軍覆沒，農民損失慘重。風災後，我陪行政院長林全到台東當地視察。一回到台北，林全院長馬上召開會議，討論這次颱風的相關因應作為。會議中，我便提出要針對釋迦開辦政策型收入保險。這是首件收入保險的試辦品項，釋迦農民在保險期間，因氣候條件或市場變化，導致收入減損時，或因颱風、焚風、寒害、乾旱等天然災害，導致樹體倒伏死亡而須全部重新種植時，可獲保險理賠。

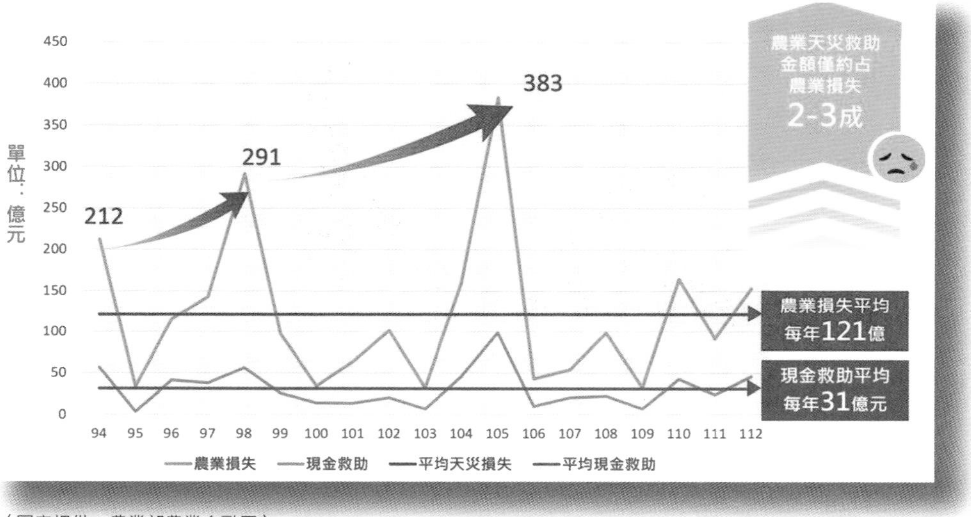

（圖表提供：農業部農業金融署）

每次災害來了，造成農民損失了，農民可領到的天然災害現金救助，往往遠少於損失金額。近十五年來，台灣農業損失平均每年為一百二十一億元，政府現金救助平均每年約三十一億元，農民雖然可以請領農業天然災害現金救助，但其救助金額僅占農業損失約二到三成，並不足以填補農民於天然災害中所蒙受的損失。

那麼，將近九十億元的損失誰來負責？所以才說，農民只能看天吃飯，就是這個原因。

價格常受多樣因素影響的香蕉，對蕉農來說經營風險極高。透過收入保險的政策推動，蕉農可安心種植，民眾能放心購買。（照片提供：簡惠茹）

讓蕉農不必焦心的香蕉收入保險

「香蕉價格一年內變化之大，比看股市的漲跌還驚心動魄。」這是台灣香蕉農民共同的心聲。老一輩的香蕉農民說，香蕉的價格很「深」，變化起伏之大難以預測，除了颱風、豪雨等天災，還有受到市場供需影響，價格波動大，經營風險極高。

香蕉收入保險是台灣第二張收入保障型的保單。為協助蕉農分散經營風險，農業部從二〇二〇年開始試辦香蕉收入保險，只要產品價格下跌、產量減損造成農民收入減少到一定程度，即可啟動理賠。農金署指出，二〇二〇年度因下半年蕉價相對較低，以及二〇二一年度因上半年受乾旱與八月西南氣流豪雨等災害影響，部分地區單位面積產量減少，連續兩年出險理賠均逾六百萬元，給予受災蕉農實質上的保障。

高雄市旗山區蕉農柳淑惠寫了十年的日記，記錄每天的氣溫多高，有沒有下雨，香蕉當天價格多少。通常在十一月到三月這段時間，香蕉價格是一年中最好的時候，每年五月之後，香蕉價格就會開始走下坡，蕉農每年的心情都像在坐雲霄飛車，跟著香蕉價格高高低低。

氣溫上升，銷量卻開始下降

夏天的香蕉價格下跌，受到許多因素影響，例如產量多、熟得快、銷售管道減少。天氣熱的情況之下，香蕉熟得更快，外觀賣相又更不好，越熱價格就越差；但這時候的氣溫又很適合香蕉生長，所以香蕉生長速度快，兩個月就會成熟，量又變多。在同一段時期，消費者有很多水果可以選擇，因為西瓜、荔枝、芒果都開始盛產，於是香蕉銷售量就會掉下來，價格也直直落，再加上通路端的需求量在夏天會減少。高雄市旗山區農會總幹事方介佐說，很多團膳業者都喜歡使用香蕉作為營養午餐的水果，學校放暑假之後，夏天就少了很大一部分的銷售管道，所以農會更需要在七到九月辦香蕉文化節活動，幫農民把香蕉推銷出去。

可能有人會問，那為什麼蕉農夏天還要繼續種香蕉，改成秋冬季種植不就解決了？柳淑惠說，這樣蕉農又會擔心香蕉全部集中在秋冬收成，產量同樣會過多，價格會下滑更多，真的很為難。

對農民好的政府政策，農會一定會全力支持，像農業保險對農民來說，就是真的有必要性、而且真正照顧到農民的政策。

照顧農民生計的政策

面對香蕉價格的起伏，柳淑惠提到，現在中生代的農民想法跟老一輩不一樣，許多人會想要有一個保障，但是老一輩的人沒有這個概念，還以為農會是來拉保險，但她們這一輩的農民會希望，種香蕉的收入可以更穩定，不要只能看天吃飯。農民自己投入一些保費，可以保障最終收入的穩定，就跟買意外險的意思一樣。

旗山區農會總幹事方介佐表示，對農民好的政府政策，農會一定會全力支持，像農業保險對農民來說，就是真的有必要性、而且真正照顧到農民的政策。

另外，高雄市內門區農會的香蕉收入保險件數呈現持續增加的趨勢，內門區農會總幹事洪輝煌對此表示，因為香蕉收入保險屬於政策型保險，跟商業型保險不同，除了保費負擔不大，農民繳部分保費，還有政府的補助，而且保險保的是整體收入，因應市場價格波動和災害等影響，保障一定的收入水準，所以當地農民的接受度越來越高。

翻轉農業的幕後故事

陳吉仲

我們要幫農民避掉不歸咎於農民的兩種風險，第一個就是天災。天災有太多樣態，例如颱風、豪雨、寒流等，都會造成農漁畜產品的災損，而且災害損失逐年增加。二〇〇〇年之前，災損每年平均約五十億元，二〇〇〇年到二〇一〇年，災損一路提高到七十至八十億元左右，目前災損已經來到每年約一百三十億元的程度。未來氣候變遷還會更加劇，所以一定要推動農業保險。

除了天災以外，第二個就是市場風險。國際市場和國內市場的巨大波動，都會造成農民收入重大的影響，例如中國突然宣布片面禁止台灣釋迦進口，就是一個例子。鳳梨釋迦長期依賴中國外銷市場，突襲式的禁止會造成台灣農民收入的嚴重損失。因此，農業保險法第一條開宗明義指出，為建立農業保險制度，填補天然災害或其他事故對農、林、漁、牧業之損失，提高農業經營保障，安定農民收入，特制定此法。對此，不分黨派的立委都表示同意。

農業保險法立法過程困難重重，因為保險本身牽涉到金管會保險局，財政牽涉到主計單位，所以跨部會的溝通協調就相當重要。我們向跨部會證明，儘管台灣很小，但是災害還是有局部性的區域差異，所以保險是有意義的。

世界各國推動農業保險大多立法支持，如美國的「聯邦農作物保險法」、日本有「農業保險法」、韓國的「農漁業災害保險法」、中國有「農業保險條例」等，以建立有效運作機制，台灣也應加快腳步，制定自己的農業保險法。

保險人的設定

法案通過後，如何確實執行？農業保險不可能全交給商業公司做市場型保險。我們認為農漁會可以扮演重要的角色，所以農業保險法就有明定，農業保險的保險人為保險業、農會和漁會。其中，政策型保險的保險人，由農漁會來擔任是再適合不過。

農會本身就具備四大功能：保險、信用、推廣和供銷。在保險的部分，過去農會主要業務就在農保，因此農民很熟悉農會有「保險」這項業務，加上農會和農民之間的信任關係，將會更有效推動農業保險的覆蓋率。要如何讓農民了解農業保險風險管理的概念？透過農會是最適合的方式。例如釋迦收入保險，就仰賴台東地區農會，如太麻里地區農會、鹿野地區農會和東河鄉農會等，來向農民推廣投保釋迦收入保險，覆蓋率才能提高。想要讓更多農民獲得保險的保障，未來的農業保險也需要仰賴農會來協助推廣和宣傳。

台灣第一張雜糧類作物保單——高粱收入保險

台灣水稻種植量供過於求，雜糧作物自給率又偏低，如何進行農糧產業結構調整，引導農民種植雜糧，一直是農業部和各地農會想盡辦法要調整的目標。

二〇二一年十二月二十七日，時任農業部主委陳吉仲主持「原產台灣 金釀高粱」契作簽約記者會，與金門縣楊鎮浯縣長，共同見證金門酒廠實業股份有限公司（簡稱「金酒公司」）與台灣本地農會契作主體簽約儀式，契作純糯釀酒高粱「台南七號」、「台南八號」，建立釀酒高粱生產供應鏈，希望藉由種植高粱來減少農業灌溉用水，也為農民建立好金酒通路，增進農民收益。

二〇二二年，農業部推出首張雜糧類作物保單的高粱收入保險，採縣市區域認定方式，以每公頃基準收入（產量乘價格）與每公頃實際收入的差額為理賠標準，並考量品種、生長條件及氣候環境等因素，產量與價格採台灣本島和金門分別計算。

參與金酒合作的台南市鹽水區農會總幹事邱子軒說，由於農民契作高粱才剛起步，還沒有很熟悉，鹽水區農會擔任經營主體主辦高粱集團產區，為了讓農民安心種植，農會就幫所有轉作高粱的農民，申請加入高粱收入保險，希望確保農民的收益。

以基本保障，讓嘗試新作物的農民安心

邱子軒提到，鹽水地區的土壤鹽分比較高，所以都要挑選適合的農作物來生產，鹽水地區有種植鹽地番茄、硬質玉米[7]等，雖然早期也有種植高粱，但是屬於飼料用的高粱，跟現在契作作為金酒高粱的原料，品質要求不一樣，所以農民加入高粱契作需要適應很大的轉變，還要重新學習生產管理。只要農民願意投入，農會當然要出一分力，讓農民透過保險有多一分保障，至少天災來的時候，可以減少一點損失。

邱子軒表示，尤其現在極端氣候情形很嚴峻，一下缺水，一下又水災，都不知道接

下來氣候會怎麼變化。剛開始種植高粱的第一年和第二年，農民就有領到理賠。第一年是因為遇到雨水太多，導致高粱收成不好，第二年則又變成是旱災，水太少同樣也讓高粱收成變差。真的很慶幸當時有幫農友投保，才能讓大家的收益，不會受到天氣影響太多。

只要農民願意投入，農會當然要出一分力，讓農民透過保險有多一分保障，至少天災來的時候，可以減少一點損失。

農金署指出，高粱收入保險自二〇二二年開辦，兩年來投保率超過九成，二〇二二年第一期作以台灣本島為試辦地區，當年因為受到四、五月接連下雨的影響，導致大部分地區的種子發芽率不佳，實際收穫產量明顯減少。經核算，桃園、新竹、台中、苗栗、雲林、嘉義及台南等縣市，均達到理賠標準，九十七位投保農民全數受益，理賠面積六百三十九公頃，理賠金額為六百七十五萬元，理賠率達三七二%。

二〇二三年的第一期作，則是因四、五月發生嚴重旱災，導

7. 硬質玉米是飼料玉米，主要供作畜牧養殖業用的飼料。

契作高粱不僅解決金酒公司的原料問題，有效利用農業灌溉用水資源，更重要的是透過種植收購價格較好的雜糧，來改善農民收入。
（照片提供：陳吉仲臉書）

致高粱生長欠佳，二〇二三年一期的高粱收入保險，共計台南、嘉義等七縣市，二十七個鄉鎮參與，一百二十位農友投保，承保面積達一千五百六十一・八公頃，投保率將近九八％，理賠金額兩千三百零六・五萬元，損失率四〇四・七％，二十七個鄉鎮全達理賠標準。

來自台南的百大青農陳清波也加入了鹽水區農會的集團產區契作種植高粱。他說，家裡本來是種植硬質玉米，後來他決定轉作高粱，主要是為了增加收入，因為釀酒的高粱價格比硬質玉米好，現在耕種面積已有五十八公頃。雖然，自己很認真在進行生產管理，但是在極端氣候影響之下，天氣情況難以預測，有這項保險真的才比較安心。

翻轉農業的幕後故事

農業保險保單類型可區分為五種類型，包括實損實賠型、區域收穫型、收入保障型、氣象參數型以及政府連結型。

「實損實賠型」是由保險人派員實地查勘損害程度，例如香蕉植株、農業設施等保單；「區域收穫型」則是當實際收穫量低於當地區域保證收穫量，即給予理賠，例如水稻、鳳梨、芒果等保單。

水稻是第一大天然災害受損農產品，採取的保單模式即是「區域收穫型」保單。過去，水稻農民都是靠領天然災害救助的方式來減少損失，但我們希望可以建立農民風險管理的概念，因此二〇二二年一期作開辦水稻收入保險，把天然災害現金救助機制，移轉到保險來執行，稻農全部皆須納保水稻基本型收入保險。農民無須負擔保險費，雖然由農業部全額補助保費，但政府支出不會增加，理賠基準為各鄉鎮市區平均產量減產達二〇％時，即可獲得與天然災害現金救助相同的理賠金，每公頃一萬八千元。這麼做並不是要取消天然災害救助，而是將風險管理和理賠機制的觀念導入農業。

另外，水稻加強型保險則是提供沒有申報公糧的農民自由選擇加保，並區分為一般加強型及優質加強型，兩者保費相同，第一期作每公頃約兩千至五千元。優質加強型僅限「契作集團產區營運主體」，或取得「有機」、「產銷履歷」或「友善環境耕作」驗證的農民加保，可獲得較高的理賠金額，以適度引導種植高品質稻米，來提升產業競爭力。

「收入保障型」則是依據地區產量及批發市場價格，決定理賠標準，包含釋迦、香蕉等保單。香蕉是第二大天然災害受損農產品，很容易出現產銷失衡的問題，香蕉價格大起大落，造成農民收入相當不穩定。但是，如果農民參加香蕉收入保險，就不會只有領到七萬五千元的天然災害救助而已，而是能保障收入。例如，投保收入保障額度五十萬元，當年區域收入如果因香蕉價格下跌只有三十萬元，就會獲得二十萬元的理賠。而且，保費還由農業部補助一半，等於農民繳一萬多元的保費，就能保障五十萬元的收入。

「氣象參數型」則是為了減少人力勘災程序，過於勞師動眾和耗費時間，因此只要符合設定的氣象條件，如風速、降水量、氣溫，即給予理賠，譬如蓮霧、文旦、石斑魚、虱目魚、吳郭魚、養殖水產、木瓜、甜柿、養蜂產業及西瓜等保單。所謂的參數，是經過專家評估和過去經驗累積的數據，如寒流低溫到多少，低溫超過多久，就會造成水產品的傷害，又或者瞬間風速達到多大，農作物就會被風掃下來等。氣象參數型保單可以大幅降低執行成本。

「政府連結型」保險則是與政府政策互相搭配，具有政策目的，例如為了防範斃死豬以低價流入市面販售，影響消費者食安，我們將豬隻死亡保險改為政策型保險，豬隻全面強制納保，每頭豬隻死亡理賠一千八百元，比私下販售價格還高，藉此避免斃死豬[8]流入黑市販售。政策效果讓斃死豬非法流入市面供食用持續維持零發生。此外，這更是相當重要的防疫環節，我們搭配後續清運車輛追蹤，確保斃死豬都能送到化製廠焚化，以避免可能的豬隻疫病傳播。

保險的精進

每項農產品項保單的開辦，都要經過仔細的精算和評估。還有許多農產品尚未開辦保險，還沒開辦的農業保險保單同樣要大幅度辦理，才能更全面保障農民的收益。

8. 豬隻於出生、生長至上市屠宰的過程中，因飼養管理、營養性等管理不當，或一般傳染性疾病、運輸緊迫等因素而造成死亡，統稱為「斃死豬」。

農業保險的保單必須持續滾動修正，因為不管政策型還是市場型保單，都是用過去的歷史資料來設計，要不斷將近年災損數字更新，才能反應實際的情況，以符合農民實際的需求。

此外，農業保險的效益不是看整體覆蓋率，而是要更仔細的看專業農的投保率。專業農投保率要持續提高，才能反應農業保險確實有引導、且符合農民專業農所需，同時擴大專業農的人數，這也才能證明——農民能真正成為專業的職業。

（資料來源：農業部；圖表提供 ：陳吉仲）

其實，我還有一個夢想，就是推出「農家所得保險」，將對人、對地、對資材的各種補助，都歸為農家所得保險。這樣一來，這戶農家一年的所得不管受到天災或市場波動，都可以保障一定的收入，而這也已經是全球趨勢。

第二部

翻轉命運，讓值得的人事物，發光發熱

——用心呵護的農漁產品，要讓大家看見它們「好」在哪裡

Chapter

03

翻轉認命農漁業，穩定提升農漁民收益

冷鏈和加工這兩項關鍵基礎工程，
讓台灣農漁民不用再認命、認賠，
也讓台灣農漁業不用受到中國市場的威脅，
提升整體台灣農漁業的產業韌性。

（照片提供：高雄市興達港區漁會）

二〇二一年起，中國開始對台灣農產品出手，企圖用「禁止台灣農產品外銷」的手法，來影響台灣國內農產品市場秩序，藉此帶起政府不照顧農民的假象，進行政治操作。這也更加凸顯了過去台灣農產品量多的時候，依賴外銷到中國市場的風險極大，台灣農產品產銷體質提升的重要性。

中國瞄準禁止輸入的農產品品項，大多是原本台灣出口中國市場比例高的農產品，反而成為台灣將危機化為轉機的一次機會，讓台灣農產品外銷市場可以成功轉骨，不但不再依賴中國市場，還能瞄準高消費市場，分散市場風險。

除了外銷，內銷市場同時要加強力道，才能真正解決突然面臨的產銷問題，因此整體體質的調整就很重要。這時候仰賴的工具，就是冷鏈和加工。

打破農產品大出和市場壟斷的關鍵基礎工程

——冷鏈＋加工

二〇二一年一月二十七日，中國國台辦突然宣布，為防止含萊克多巴胺豬肉製品從台灣流入中國市場，禁止台灣生產或轉運肉類產品輸入中國，但實際上，台灣生鮮豬肉從來沒有出口中國。中國當時此舉，被認為是刻意帶風向，引導台灣民眾對於台灣政府的不信任。

二〇二一年三月一日，中國海關總署又突然片面宣布暫停台灣鳳梨輸入，理由是從二〇二〇年起，多次從台灣鳳梨檢出介殼蟲，但當時農業部指出，中國於二〇二〇年三月到五月期間，通知台灣鳳梨檢出介殼蟲後，為預防影響台灣鳳梨外銷中國，農業部自十月十九日已公告，申報輸出時須檢附包裝場資料表，並加強外銷供果園輔導及輸出前檢疫。從當時開始到二〇二一年三月，均未接獲中國不合格通知，顯示強化措施奏效。此外，發現介殼蟲後，依照其他國家做法，會溝通是否以燻蒸方式滅除風險，因此中國仍片面宣布暫停禁止台灣鳳梨，也被認為是政治操作的手法。

二〇二一年九月十九日，中國海關署又宣布禁止台灣釋迦和蓮霧輸入，理由是多次檢出有害生物太平洋臀紋粉介殼蟲。但是，經過強化源頭管理及輸出檢疫措施，從當年六月二十八日之後，就再也沒有再接過不合格通知。沒想到，卻又突然遭到禁止。

緊接著，二〇二二年六月十日，中國海關總署片面宣布六月十三日起，禁止台灣石斑魚輸入，理由是驗出兩批石斑魚隱性結晶紫超標，農業部當時對此指出，農產品國際貿易檢出殘留物超標時，大多以該批次貨品退運或銷毀為原則，但是中國卻一口氣全部禁止，不符合國際慣例。中國禁止台灣石斑魚輸入的兩個月後，二〇二二年八月三日又宣布，禁止輸入冰鮮白帶魚、凍竹筴魚以及文旦等柑橘類水果。文旦等柑橘類禁止的理由是驗出有害生物太平洋臀紋粉介殼蟲，冰鮮白帶魚和凍竹筴魚則是稱包裝上驗出 COVID-19 病毒核酸陽性。

二〇二二年十二月，中國一口氣宣布禁止台灣一百七十八家業者輸入水產品，中國關稅總局要求輸入必須完整註記、登記，其中受到影響的水產品品項包含午仔魚、魷魚、秋刀魚和鰹魚。二〇二二年底，中國對台灣水產品動作頻頻，而且都是原本依賴中國市場程度較高的品項。

過去台灣農產外銷高度依賴中國市場，從二〇〇八年之後，台灣農漁產品對於中國的依賴性越來越高，外銷占比在二〇一八年一度高達二十三・二%。其中，生鮮冷藏水果出口中國的比例，在二〇一七年更高達到八〇・一%。

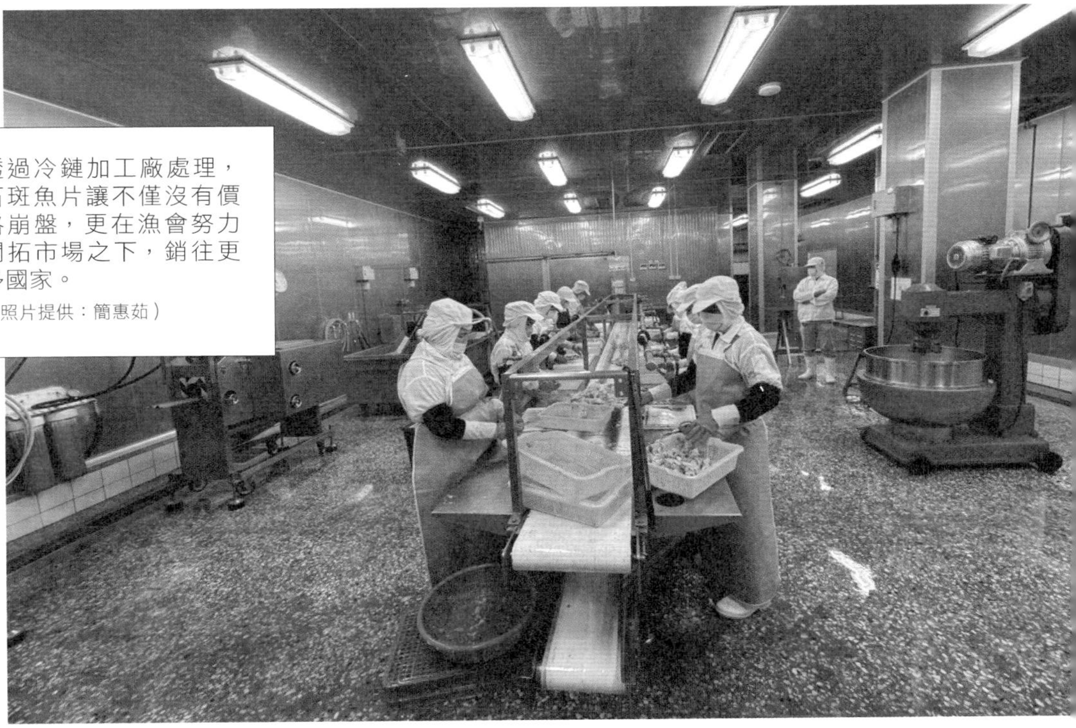

透過冷鏈加工廠處理，石斑魚片讓不僅沒有價格崩盤，更在漁會努力開拓市場之下，銷往更多國家。
（照片提供：簡惠茹）

在積極拓展外銷新興市場的努力下，二〇二一年不但整體農產外銷值達到五十六・六九億美元，創下歷史新高。二〇二二年我國農產品外銷中國以外市場的金額來到歷史高點，達到四十五・六億美元，二〇二三年也維持在四十三・九億美元的水準。

我國農產品外銷中國金額的占比得以一路從二〇一八年的二十三・二%，持續下降到二〇二三年的十・三%。二〇二二年起，美國與日本更超越中國，成為台灣農產品外銷的前兩大市場，依序分別為外銷美國為九・二億美元

（一七．五%）、日本八．六美億元（一六．三%）、中國六．八億美元（一二．九%）。

以農產品項來說，芒果外銷中國數量逐年減少並轉移至日本、韓國市場，外銷韓國價格平均每公斤為六．四美元，外銷日本價格更高達平均每公斤八．三美元，分別為中國市場單價的三倍及四倍。從水產品來看，二〇一九年至二〇二一年，台灣石斑魚外銷中國的出口報關價格，每公斤約為六到九美元，二〇二三年外銷美國的價格每公斤約三十一美元。拓展高消費市場才能確實為農民帶來更高的收入。

拓展外銷新興市場，將石斑魚賣向全世界

以石斑魚來說，台灣二〇二一年的石斑魚年產量約一萬七千公噸，主要產區為屏東（四〇%）、高雄（二五%）及台南（二五%）等，其中內銷占六成，外銷占四成。從外銷情況來看，九成以上集中銷往中國，二〇二一年外銷中國數量為六千一百二十一公噸，占總產量三六%，可見石斑魚不只主要以外銷市場為主，更是高度依賴中國市場。

以往，對國內一般民眾而言，石斑魚並非家庭餐桌上的常見菜，而是在餐廳或宴席上才吃得到的大菜。這是因為處理石斑魚對一般家庭來說並不容易，由於石斑魚的骨

頭硬，魚鱗很難刮除，如果沒有經過加工並且處理成魚片的話，國內市場的接受度低，難以拓展銷售管道。因此，中國禁止石斑魚進口對台灣的石斑魚產業來說，可說是一大噩耗。如何在短時間尋求新的外銷市場，同時加大內銷市場力道，才能不讓石斑魚價格崩盤？這是從漁民、漁會到農業部，無不絞盡腦汁要處理的問題。

後來事實證明，石斑魚價格並沒有於一夕之間崩盤。根據農業部漁業署的統計，二〇二二年龍虎斑產地池邊價格平均為每公斤二百五十．三元。當年遭中國禁止後，二〇二三年的價格沒有受到劇烈影響，仍然維持在二百四十九元。此外，石斑魚更成功的拓展了其他的外銷市場，賣向價格更好的高消費市場。二〇一九年至二〇二一年，台灣石斑魚外銷中國的出口報關價格，每公斤約為六到九美元，二〇二三年外銷美國，每公斤價格約三十一美元，同時還成功開拓了馬來西亞、新加坡、日本及以色列等新興市場。

二〇二二年十一月，台灣石斑魚更成功的進軍日本迴轉壽司連鎖店。高雄市興達港區漁會在農業部見證下，與日本藏壽司簽署台灣冷凍石斑魚切片的採購備忘錄，讓台灣石斑魚成功開拓新的日本通路，而且是符合日本生食等級需求的加工魚片。此外，石斑魚在美國的市場也逐漸打開，二〇二二年出口美國的石斑魚翻倍成長，來到

儘管這項政策不斷被攻擊，是讓學生吃產銷過剩的魚產品，但石斑魚的營養美味是事實，內銷得以擴大也是事實。

七十一公噸，出口值達一百一十九．五萬美元，二〇二三年更首次突破百噸，來到一百零八公噸，產值在三百三十六萬美元左右。

在內銷部分，則透過了「班班吃石斑」的計畫，幫中小學生的營養午餐加菜，讓學生有機會認識及品嘗石斑魚這項台灣漁產，不僅可以補充營養，還能發揮食農教育的精神。儘管這項政策不斷被攻擊，是讓學生吃產銷過剩的魚產品，但石斑魚的營養美味是事實，內銷得以擴大也是事實。全聯等連鎖超市通路所販售的石斑魚切片，消費者也給予正面迴響。以前很難買到以及吃到的石斑魚，現在超市就可以買得到，在家就能享用石斑魚肉質鮮甜Q彈的美味料理。

在外銷或內銷的雙重拓展之下，成功穩住了石斑魚價格，順利度過難關的兩個關鍵工具，就是「冷鏈」和「加工」，讓經過加工的石斑魚，可以賣到台灣各地，乃至全世界各地的餐桌上。

除了石斑魚以外，農業部在全國布局漁業冷鏈體系，共建置四座區域物流中心、三十五處冷凍加工設備、八處批發市場升級，例如台東的鬼頭刀產銷也因此更加穩定。台東區漁會總幹事李振元表示，因為有加工廠和冷凍廠的升級，漁獲量多的時候，就可以先進行冷凍倉儲來調節出貨量，避免量多衝擊市場。

經過加工的漁獲，例如鬼頭刀，也能做成魚排、魚片。經過加工、冷凍包裝，不但運送方便，通路也更加多元，許多電商平台、超商和超市都能上架，還能直接取肉片作為學校營養午餐的食材。

此外，在養殖方面，白蝦以前都是用活蝦運輸為主，運輸車上打進空氣、直接運送到外縣市，因此運輸過程大多會有將近一成的耗損。現在加工後急速冷凍處理，活蝦經過急速冷凍直接包裝，有效減少運輸過程的耗損。整體來說，冷鏈和加工的升級，對整體產業提升幫助很大。

消費潮流，看見產業新方向

「魚如果要好賣，就要剖。」

二〇二〇年，高雄市興達港區漁會總幹事郭展豪看到漁會有二十幾年前留下來的舊冷凍廠，旁邊還有荒廢的空間，他那時候就思考著，漁會還有什麼業務可以擴展？後來，他看到了漁會做加工的潛力！考慮到現代人吃魚的習慣與以往不同，魚要殺好、

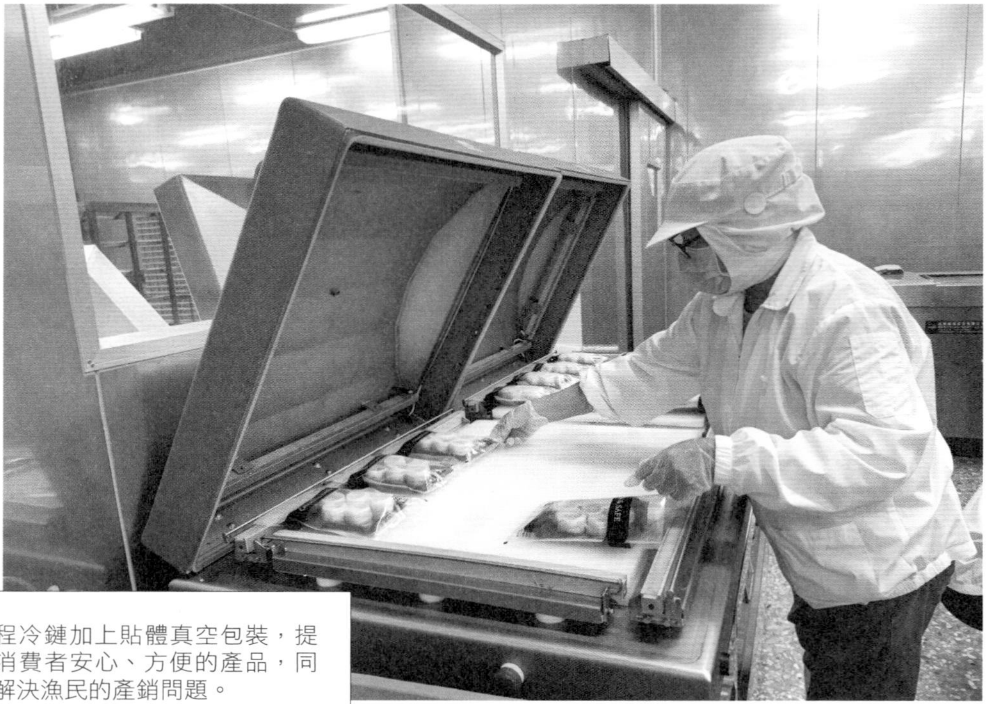

全程冷鏈加上貼體真空包裝，提供消費者安心、方便的產品，同時解決漁民的產銷問題。
（照片提供：簡惠茹）

清理好，才能賣得好，所以他就向當時的農業部漁業署提了建設冷鏈加工廠的計畫，並且毛遂自薦讓漁會來執行這項任務。

郭展豪說，漁會冷鏈和加工廠在二〇二二年才剛完工啟用，馬上就接到處理石斑魚的任務。為了加強內外銷，一定要先把石斑魚處理好，不然難以打進其他國家市場，甚至很難進入一般家庭的餐桌上。因此，拿到石斑魚後，在漁會冷鏈加工廠進行石斑魚的三清（去鱗、去鰓、去內臟），切片後立即真空包裝處理，增加消費者的接受度。同時，處理過程全程冷鏈，以確保魚肉品質和安全，廠房更取得 HACCP、ISO22000 等國際認驗證。進到興達港後的漁獲，加工處理皆在低溫環境中進行，是為了保證魚體的鮮度，因為魚肉很容易由於溫差而產生腐敗。興達港區漁會水產加工廠處理的水產品，皆經過嚴謹的溫度控管，消費者可以很安心。

除了處理石斑魚，冷鏈加工廠根據產季可以處理不同的水產品，例如小卷可以先經過機器自動分級，在完成貼體真空包裝後，直接冷凍儲存，全程冷鏈處理。機器分級不僅省工，處理的量能也更大。此外，廠內自動去魚鱗機可以省去人工刮除魚鱗的時間。只要魚體大小適合的魚種，都可以快速去除魚鱗後，加工成魚片。

郭展豪說，冷鏈加工不只讓漁會展開新的經濟事業，對產銷調節幫助也很大。漁獲量大的時候，就拿來加工，不只拚內銷，也能拚外銷。最重要的是，漁會真的幫助漁民解決了問題。

翻轉農業的幕後故事

過去當農漁產品大出、量過多的時候，以前的做法，通常就是每公斤補助加工處理費給業者，鼓勵業者多收購來加工。這種做法隱含的問題，就是業者本身也是價格決定者，他們不會讓市場價格拉高，但是農業部提供補助的用意，其實是希望農產品價格不要一直往下降。所以，這樣的補助模式，農漁民並不能真正受益。

冷鏈＋加工，打破「認命農漁業」命格

將品質提高、做好產銷調節，才能讓價格得以回升，這是基本的經濟學原理。但是，怎麼執行才能讓農漁民受惠，就需要很縝密的規劃執行方式。我們堅持的政策原則是：每樣農漁產品的價格都要高於農漁民的生產成本，不能讓農漁民血本無歸。所以，農業部建立管控機制，隨時緊盯農漁產品價格趨勢，掌握市場供需量。

然而，這個從市場調節的數量，則是需要建置冷鏈和加工設備來處理，不但要透過冷鏈延長生鮮農漁產品的銷售期，更要透過加工再創價值。這項工作更需要由農漁會這個團體來執行，才能達到農漁民、農漁會和農業部三贏的效果。

農漁民建置冷鏈和加工系統，可以讓自己的經濟事業大幅提升收益；透過農漁會來收購農漁產品，則可以確保價格不會被部分盤商綁架，或被有心人士操控價格，農漁民收益才會有保障；農業部則可以有效提升整體農漁產品產業結構韌性，讓整體農漁產品市場的價格穩定，不會因為價格波動引起民眾恐慌，國家糧食安全更因此得以確保。

修正法規，讓有心做事的人，不再困難重重

為了提供農漁民和農漁會工具，在提供冷鏈和加工補助經費支持之前，還需要先盤點初級加工場的法規。記得二〇一六年，我剛到農委會服務的時候，時任花蓮立委的蕭美琴副總統和時任花蓮農改場場長范美玲主秘，安排了一連串與農會和農民座談的行程，當時我就把解決農民加工的問題列入重要事項。

花蓮的小農跟我說，他們農產品想要加工，必須先取得經濟部食品大廠的登記證，這對小農來說，是耗日費時又需要龐大資金的任務。除此之外，法規的限制不符合實際農產品加工現況，導致小農民如果只是想要做初級、簡單的加工處理，例如製作果乾的乾燥處理，都困難重重，對於提升農產品價值來說，更是很大的阻力。

要解決這個問題，需要橫跨行政院食品安全辦公室、農業部、經濟部和衛福部一起討論如何執行，並確保可以實現農產初級加工的精神。二〇一九年，「農產品生產及驗證管理法」終於成功修正通過，並於隔年通過「農產品初級加工場管理辦法」，農業部正式成為農產品初級加工場的主責單位。

法規不但規定農民或農民團體要使用以國產溯源農產品，並於一定規模以下農產品加工設施進行的加工處理者，才能登記為農產品初級加工場。在衛生安全方面也相當要求，包含明定從業人員的加工技術，以及食品安全衛生教育訓練時數，且農產品初級加工場產製的加工產品，其為食品者，應符合「糧食管理法」或「食品安全衛生管理法」的規定。

在重新修訂法規之後，農漁會和農漁民才能更順利投入農漁產品加工。各漁會依照自己當地產業的需求，提出的加工設備所需計畫，農業部也會在經審核後，給予經費支持。農漁會願意投入，農業部當然要提供必要的工具，除了加工以外，冷鏈更是另一個重要的工具。

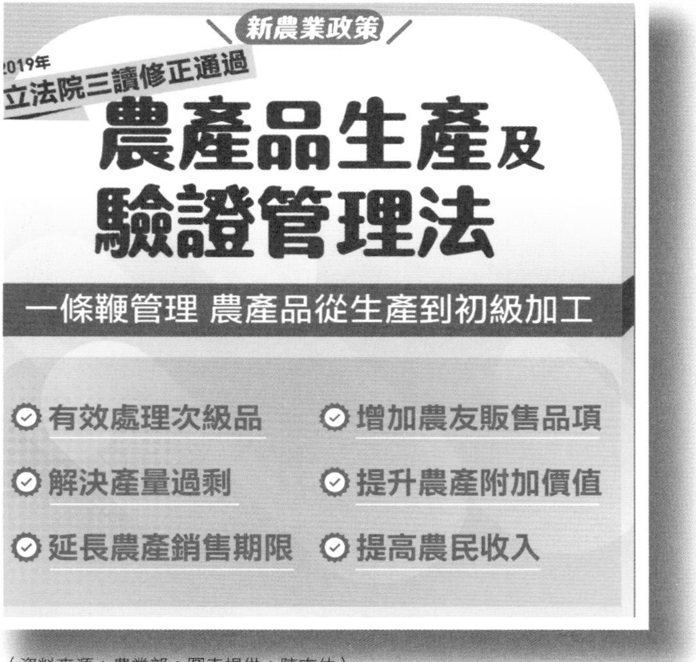

（資料來源：農業部；圖表提供：陳吉仲）

夏季盛產的芒果，既怕下雨造成品質下降，也怕突然大出而價格暴跌。
（照片提供：簡惠茹）

加工大出的水果及次級品，穩定市場價格

台南市山上區農會總幹事許弘霖是農家子弟出身，他回憶起小時候山上地區種芒果的榮景。他說，那時候連小朋友去撿的落果，都會有人願意收。但是，芒果種植面積越來越大後，從他在農會服務開始，就常常看到芒果一下大出（台語：盛產），一下產量減少的情形，價格也跟著大起大落，甚至出現過次級果一台斤剩下五、六塊的情況。

種芒果三十幾年的台南南化芒果農蔡豐勝說，種芒果就是看天吃飯，但有時候就是天不從人願。芒果最怕忽冷忽熱，有時候顧到要收成了，結果突然下了幾場大雨，品質就下降了，農民的收入往往高高低低，心情就像在洗三溫暖。蔡豐勝說，加工越多，對農民越有利，因為一個果園多多少少會有比較次級的果品出現，但這些芒果並不是甜度不夠，只是表皮有一些碰傷。這些芒果如果拿去拍賣，價格也不好，幸好現在農會願意幫忙收去做芒果乾，這對農

次級品也有一定商品價值，所以透過加工做成果乾、延長銷售期，可以從市場端拉掉一些量，在產期集中的當下，就可以穩定價格。

民是一個出路，就不怕次級品賣相差、沒人要。

芒果產量突然大出的情況，歷年有過好幾次，例如二〇〇三年時，產量突然從十四萬三千多公噸，增加到十九萬三千多公噸，產地價格就從每公斤七十九・八元暴跌到每公斤五十七元；二〇〇八年也曾出現產量十六萬九千公噸，比前一年多出兩萬三千多公噸的情形，價格也從六十二・一元降到五十一・八元。

許弘霖說，芒果產期集中，但夏季盛產的水果有十幾項，消費者可選的品項也多，不可能每天吃芒果。然而，次級品也有一定商品價值，所以透過加工做成果乾、延長銷售期，可以從市場端拉掉一些量，在產期集中的當下，就可以穩定價格。為了幫農民解決芒果大出而賣不出去的問題，山上區農會從民國八十幾年，就開始幫農民代工，透過加工做成芒果乾。吉仲部長任內更看到冷鏈結合加工的重要性，在政府大力推動之下，讓台灣農業往好的方向發展。

當二〇一九年芒果產量突然拉高，從前一年總產量十二萬八千公噸左右，提高到十五萬公噸，許多農民都憂心忡忡，但是最後產地價格成功維持在每公斤五十・三元，跟前一年的四十九・六元相去不遠，甚至略高。許弘霖說，加工就是很好的解決辦法。吉仲部長到台南產地關心的時候，就說要保障加工果的收購價格每公斤至少四十元，價差由農業部來補助，果然那年的價格就有穩住。

許弘霖說，大出的時候，如果加工原料果的價格有穩住，品質比較好的芒果價格就不會掉下來，例如二〇一九年的樓地板價格，每公斤就至少有四十元，然後把次級品送去加工後，拍賣市場中的芒果量就不會太大，品質也都是比較好的，所以芒果拍賣價格就會好，而農民才能真正受益。

台南市南化區農會總幹事溫進添也認為，冷鏈加上加工讓近年芒果加工量增大，也協助讓三級果、四級果可以進到加工體系，穩定市場上的鮮果價格，尤其面對現在的極端氣候，採後處理變得非常重要，冷鏈設備都要不斷升級，不然會造成芒果很多耗損。近幾年，因為冷鏈加工再加上外銷力道也有強化，也有助於穩定國內市場價格。

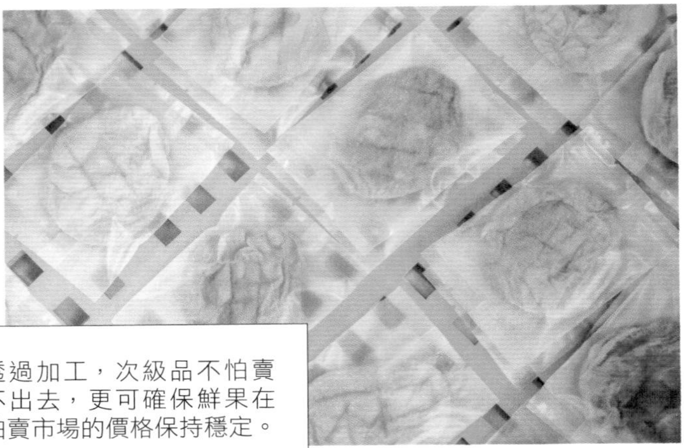

透過加工，次級品不怕賣不出去，更可確保鮮果在拍賣市場的價格保持穩定。
（照片提供：黃致鈞）

為外銷布局冷鏈，延長果品保鮮期

此外，透過冷鏈來延長銷售期，對農業更是有很大的幫助。例如芒果剛採收的時候很漂亮，一公斤可以賣六十到八十元，但是兩天後只要表皮出現斑點，價格就會掉下來。所以，靠冷鏈來延長水果的保鮮期，對穩定價格和保障農民收益，都有一定的效果。

不管是鮮果保存或加工後的芒果乾，都需要冷鏈來發揮功效。好比說，由於芒果有一顆很大的籽，目前都需要靠人工來削皮、切片，如果沒有冷鏈，炎熱的天氣時將芒果放在室外，很快就會過熟。由於人工處理的速度較慢，無法處理很大的量，要是能先把芒果冰起來，就能延長處理時間與量能。山上區農會後來更爭取冷鏈車的補助，從產地載回鮮果，全程都是冷藏運輸，再送到農會冰起來，完整建置起冷鏈。

高雄市六龜區農會更提出興建上千坪冷鏈包裝集貨場的計畫，獲得農業部和高雄市政府的支持補助。六龜區農會總幹事林芷蕾表示，從前任總幹事就開始規劃建設冷鏈集貨場，因為六龜屬於外銷占比多的農會，如果要開拓更多外銷市場，考量運輸時間，拉長保鮮期，六龜區農會勢必要投資冷鏈建設。因此，六龜區農會投入規劃大型區域冷鏈暨蔬果理集貨包裝場，建設好以後，將是農會界最大的冷鏈集貨包裝場，包含集貨包裝場九百七十三坪、RC冷藏庫八十七坪、低溫處理室一百零三坪、碼頭理貨區

九．五坪，每年可望把蔬果集貨量從三千公噸提升到八千公噸，且全程冷鏈。除了可以提高作業效率，還能擴大處理量能，減少果品耗損，提高果品保鮮程度，以增加農民收益。

林芷蕾提到，如果沒有冷鏈，果實採摘下來後送到集貨場，會有田間熱[9]的問題，等於果實採收後還不斷在成熟，加上放到有時候可能高達攝氏四十度的鐵皮屋集貨場處理，更加速了果實的老化。等到包裝完成後，果實才會送進冰庫，再等貨櫃或冷藏車來才送出去，果品保鮮期可說相當有限。但是，在冷鏈系統完成以後，全程冷鏈下進行集貨、分級、預冷、包裝到冷藏，果實採摘後就會先進行壓差預冷[10]，去除田間熱，以延緩果實快速成熟老化。果實降溫後再包裝，整個過程不會受到溫度影響，就能拉長保鮮期。

再者，就算農民把果實品質顧的很好，果品挑選過程也做得很好，如果少了冷鏈的話，前端做得再好也沒用，因為氣溫就是會影響果實的品質。例如，包裝場的鐵皮屋內太過悶熱，像蓮霧這種嬌貴的水果，在這麼熱的環境之下做處理，對果實品質的傷害非常大。如果直接送進冷鏈處理包裝，則可以把水果的保鮮期多拉長十天。

六龜的主要大宗農產品有蓮霧、木瓜與金煌芒果，年外銷量可以達五百公噸。冷鏈做好後，對外銷絕對會有幫助；對內銷來說，有冷鏈技術延長保鮮，消費者可以買到更新鮮的水果。不論送到拍賣市場拍賣，或對做宅配的農民來說，延長保鮮期即可維持果實的最佳品質。

六龜的冷鏈集貨場完工啟用後，最遠可以從高雄的桃源、甲仙地區，一路收到與高樹鄉相連的大津地區，相距大概一個多小時的車程。未來若擴大的收貨處理量能和服務範圍，相信收到台南都不是問題。

面對中國接連禁止蓮霧和芒果進口，六龜區農會也積極協助農民開拓更多高端外銷市場。林芷蕾說，現在勢必要找更多市場，尤其要走高消費市場，因此冷鏈就更加重要，才能確保將耗損再降低，拉長可以運輸的時間。例如，若農產品要賣到加拿大，船期就需要二十五天到三十天，有時候還可能會遇到罷工而船期更長，如何將保鮮期拉長則是重中之重。如果保鮮工作做好，運輸時間再久都不怕，市場再遠都不怕。

如果保鮮工作做好，運輸時間再久都不怕，市場再遠都不怕。

9. 田間熱，指農產品自田間採收後，至產品冷卻達到其最低的安全儲藏溫度，這二者之間熱含量的差值。

10. 壓差預冷，也稱作強制通風冷卻，是利用抽風扇，在包裝箱的兩側製造壓力差，使冷空氣由包裝箱一側的通風孔進入包裝箱中，與產品接觸之後，由另一側通風口流出，同時將箱內的熱帶走，在短時間內使產品的溫度迅速降低。

提升農產品的多元價值，增加競爭力

「我看到佳冬的蓮霧產業遇到生存的危機，真的很擔心、很緊張。要怎麼幫農民度過這樣的難關？」

面對極端氣候的影響，農民面臨越來越大的挑戰。屏東縣佳冬鄉農會總幹事林淑玲說，極端氣候讓整個蓮霧產業越來越難生存。舉例來說，因為蓮霧是農曆過年期間大家很喜歡吃的年節水果，因此蓮霧果農大多習慣在八、九月做產期調節，在隔年農曆過年左右可以採收果實。但是，現在九月都可能會遇到颱風來襲，小小的蓮霧或花芽就可能被打落了。

即便小小蓮霧及花芽成功度過颱風季節，到了一月採收前，都還可能遇到霸王級寒流來搗亂。只要寒流來個一兩天就完蛋了，蓮霧都會凍傷，而且不只果實，連蓮霧樹本身都會凍傷，阻礙養分輸送，蓮霧很快就會從樹上掉下來。本來，果農可以慢慢採收一個月，變成一個星期之內就要採收完畢，果實品質也會變差。對蓮霧果農來說，除了天災一波接一波，所要面臨的天候條件，也比以往更加嚴峻。

除了寒流之外，在全球暖化的影響之下，屏東幾乎連冬天都沒有了，但是晚上又會突然出現低溫。在溫差這麼大的情況之下，蓮霧裂果的問題就更加嚴重。林淑玲提到自己剛當指導員的時候，裂果率大概是二〇％，果農就覺得很多了。現在，裂果率可能高達四〇～五〇％，但這並非是果農沒有照顧好果實，而是天氣變化太過劇烈所造成。林淑玲說，蓮霧不裂開的話，價格就不用擔心；只要一裂果，價格就會掉下去。近年發現，裂果越來越多，但其實甜度都還是維持水準，只是裂掉之後，價格就差了，所以冷鏈加工對果農來說，格外重要。

為了讓蓮霧有更多元的銷售管道，必須透過加工來提升價值。以裂果來說，冷鏈儲存更是很重要的環節，因為可以先將水果冰起來，然後再慢慢釋出加工。所以，佳冬鄉農會成立了品牌處理廠，先幫農民將收購進來的蓮霧做好分級，等級比較好的就好好包裝，甚至可以當成精品販賣，裂果就拿來做加工。所以，農會跟農業部爭取補助計畫，並且跟吉仲部長說，加工做得好，打出通路來，那裂果的問題就可以減少。這樣一來，次級品就不會被送到拍賣市場，有助於維持住整體的市場價格，真正讓農民有穩定的收益。

佳冬鄉農會與大學合作研發出蓮霧果露，不但成功把蓮霧清甜的香氣帶出來，應用範圍也很廣泛，例如餐廳的調飲，進而像是連鎖速食店「摩斯漢堡」，也進貨做成氣泡飲，深受消費大眾喜愛。除了研發加工產品，通路也是靠農會一個一個去打出來。

林淑玲說，她帶著這些蓮霧加工產品到台北的百貨公司辦活動、辦記者會，把產品介紹出去，增加產品的能見度和曝光度。

林淑玲說，以前沒有人想過，像蓮霧這種充滿水分、味道不強烈的水果可以做成加工品，但是佳冬鄉農會做到了。所以，「敢勇你就紅！」這句話，可說是最能代表佳冬蓮霧的座右銘。

為蓮霧華麗翻轉，成為外銷與國宴舞台上的新寵兒

林淑玲充滿自信的說：「說到外銷，這個我真的為佳冬蓮霧感到很驕傲！」農會把蓮霧分級包裝後，把「透紅佳人」的品牌打出來，現在甚至能搭飛機，賣到高端的外銷市場。就像在新加坡的通路的眼中，他們以高端產品的規格來採購佳冬蓮霧，代表佳冬蓮霧的品質已經提升到一定的水準。

林淑玲指出，要走外銷，就要讓價格不低於國內，這樣對農民才有實質的意義，這樣的外銷也才真的替產品加分。林淑玲回想起在民國九十幾年，她剛接指導員一職、輔導農民種植蓮霧的時候，當時講到蓮霧，大家並不會想到佳冬。可是，明明佳冬的蓮霧就很好吃。覺得很不甘心的林淑玲，想要替佳冬蓮霧打出一個品牌，那時候就選

國產優良品牌「透紅佳人」不僅是蓮霧品質認證，更代表佳冬鄉登上國宴，走出國門。
（照片提供：簡惠茹）

擇了「透紅佳人」。

為了把品牌打出來，林淑玲和農會同仁都會親自到品牌處理廠包裝蓮霧。遇上蓮霧產季時，連假日都要加班包裝。想用「透紅佳人」做出品牌蓮霧，品質一定要用心顧好，這麼辛苦在做，就是因為大家對佳冬蓮霧真的很有感情，很希望幫佳冬的蓮霧果農，把好的產品行銷出去。

二〇二四年的五二〇正副總統就職國宴，佳冬蓮霧成功登上國宴桌，佳冬鄉農會不只讓大家知道，佳冬蓮霧很好吃，更成功打響「透紅佳人」的品牌知名度，提升蓮霧的價值，證明蓮霧同樣能成為精品水果。

消費者與農民雙贏的新商業模式

冷鏈和加工這兩項關鍵基礎工程，讓台灣農漁民不用再認命、認賠，也讓台灣農業不用受到中國市場的威脅，提升整體台灣農漁業的產業韌性。無論是農產品大出，或受到極端氣候影響造成次級品增加，都能透過冷鏈和加工，幫忙調節產期集中而產量大的農產品，確保市場價格不會突然崩盤。同時，次級品也能透過冷鏈和加工，從拍賣市場中抽離，避免次級品干擾市場拍賣價格。對農民來說，不必再擔心收益起起落落，能有穩定的收益，是最重要的事情。

冷鏈物流除了確保食品安全和品質，穩定農產品產銷，在冷鏈物流的基礎下，還能推動新的冷鏈商業模式，擴大農產品外銷市場。二〇一八年到二〇二三年間，許多台灣農產品成功打開新市場，例如番石榴成功外銷美國、蜜棗成功外銷日本、鳳梨成功外銷澳洲、文心蘭切花成功外銷紐西蘭、冷凍釋迦成功賣到日本和泰國等。

對消費者來說，隨著食安意識的抬頭，農產品運輸過程的衛生安全和品質確保，益發受到重視。根據農科院二〇一九年「全國農產品冷鏈物流體系整體規劃」報告指出，「新鮮度」分別是消費者在傳統市場和超級市場購買蔬果時，考量的主要因素前一、二名，其中有六八．五％的受訪者認為，蔬果全程「低溫」保存比較衛生安全；

五八・九％的受訪者則認為，蔬果從採收、儲存運輸到販售過程中，全程「低溫」保存較為新鮮。可見得，冷鏈確實有助於提升消費者對於國產農產品的購買意願和信心。

翻轉農業的幕後故事

「冷鏈」加上「加工」，才能達到支撐農產品價格穩定的目的。但是，冷鏈當然不是農業部自己蓋、自己用，而是要讓需要這項設備的單位，來發揮最大的效益。因此近幾年來，農業部都十分鼓勵各農漁會建立冷鏈系統。除此之外，冷鏈建置計畫預算本來只有十億元，後來在獲得當時行政院長蘇貞昌的大力支持之後，一舉擴大到一百四十多億元。

誰決定冷鏈空間，誰決定價格

冷鏈的意義，在於延長農產品的銷售期，打破產季的限制，更能解決產量過剩的危機。就鮮果來說，冷鏈可以延長販售期限，例如原本洋蔥在沒有冷鏈的狀況下，三、四月採收後，必須盡快銷售完畢，農民急著賣出去的壓力就很大。但是，有冷鏈之後，販售期可以延長至七、八月，自然就可以擺脫價格受限的困擾。

冷鏈也可以讓鮮果品質提升。就鳳梨來說，外銷到日本的鳳梨販售時出現曾黑心問題，就是因為冷鏈回溫沒有做好。後來，農業部投入輔導協助，自採收、運送，到預冷冷藏，從產地到日本通路端，冷鏈不斷鏈，成功讓台灣鳳梨搶進日本市場。

此外，前面提到的農產品加工，也因為有冷鏈的協助，讓加工處理量能變大，例如芒果、蓮霧和文旦等水果，都因為農會投入冷鏈建置，可以讓要加工的鮮果冷藏量更大，加工量能就跟著提高。

石斑魚遭中國片面宣布禁止外銷後，也是藉由冷鏈加上加工的模式，讓石斑魚產地價格沒有因此受到影響。經過興達港區漁會等漁民團體冷鏈加工設備處理而成的石斑魚片，更讓石斑魚從餐廳與宴席上的菜色，也能成為家常料理。真空冷藏包裝的魚片料理便利，加點薑和米酒，在家同樣能享用既新鮮又營養的魚湯。

除此之外，農業部更補助區域物流中心、檢疫處理場、批發市場、農民團體建置冷鏈設備，包含優化預冷及採後處理關鍵技術導入，協助農民團體或農企業購置冷鏈設施設備，輔導縣市政府或農民團體設置農產品區域物流中心，以及輔導批發市場冷鏈設備升級等。

（資料來源：農業部；圖表提供 ：陳吉仲）

農漁會擔任產銷調節的要角

在整套冷鏈加上加工處理產銷調節的模式中，農漁會擔任很重要的角色。當市場結構出現問題、農漁產品價格被少數盤商壟斷時，農漁會願意站出來收購農漁產品，幫忙農漁民打開通路販售，甚至進一步加工的時候，才是真正具體照顧到農漁民。例如，恆春鎮農會和其他農會一起組成農產公司，可以做的事情會比單一個農會更有彈性，也能找到更多販售渠道，加上農會有冷鏈來保存紅豆，能將銷售期拉長，也就有能力打破既有的結構，幫原本沒有議價能力的農民，以更好的價格賣出農產品。

最後，我也建議農業部應再次盤點重要農產品品項，以及有哪些農漁會需要冷鏈加工設備來協助農漁民，將來就會有更多農漁產品，不必再煩惱產銷失衡的問題。

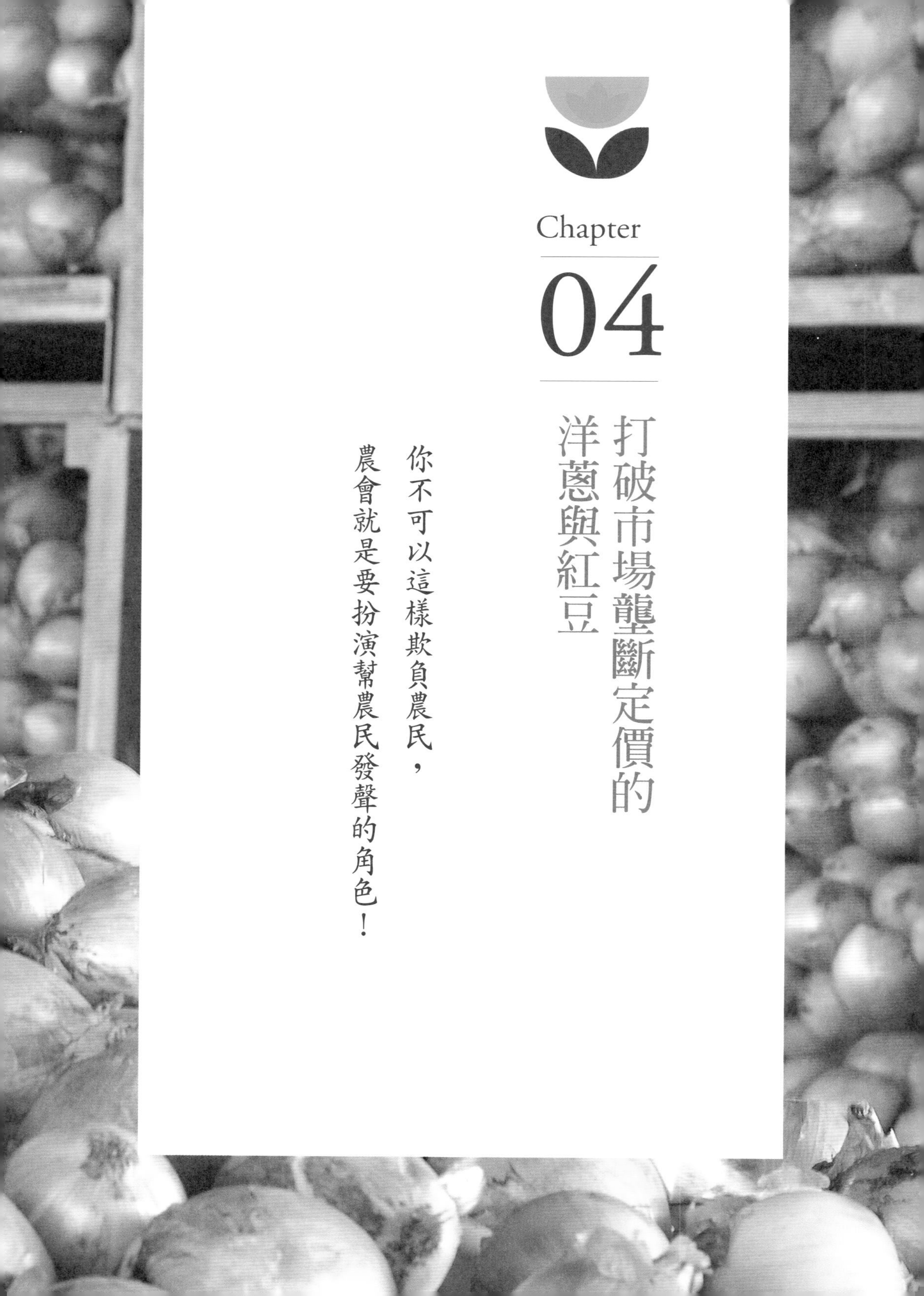

Chapter

04

打破市場壟斷定價的洋蔥與紅豆

你不可以這樣欺負農民，
農會就是要扮演幫農民發聲的角色！

（照片提供：屏東縣恆春鎮農會）

九月底，屏東縣萬丹鄉的紅豆播種後，農民就開始來來回回田間巡視，細心照顧紅豆生長，直至十二月底到隔年一月準備採收。但在採收之際，紅豆農民心裡總是在擔心，不知道今年價格會落在哪裡？今年能賣個好價錢嗎？

紅豆在台灣加入世界貿易組織（WTO）後，有關稅配額管制紅豆進口量，但是紅豆農民卻缺乏議價能力，原因就在於南部長期由三大盤商掌握超過九成以上貨源，因此具有控制市場價格能力。

價格被壟斷的洋蔥與紅豆

種紅豆通常從九月開始整地、播種，直到十二月底採收，採收前心裡都會很不安，不知道今年價格開多少？屏東新園的紅豆農黃士洋說，從他父親那一輩開始，紅豆要採收了，就會有「收紅豆的人」出現在紅豆田邊，來收購紅豆，價格喊多少就賣多少，連討價還價的餘地也沒有。還記得有一年收紅豆的價格每天都在跌，從每台斤三十六元、三十五元……一路跌到三十三元，短短三天，他種六甲地的紅豆就虧了六萬元的收入，但如果不賣，說真的也不知道能賣給誰？要拿去哪裡賣？

一句「不知道能賣給誰」，道出紅豆農民長期以來的困境。紅豆農民缺乏議價能力，也缺乏更多元的銷售管道，再加上紅豆後續處理需要昂貴的設備，包含去雜、拋光、分級等，並不是單一農民可以負擔的，因此紅豆農民只能賣給這些來田邊喊價的「販仔」（台語：盤商），他們喊出的收購價格是否符合市場行情，更難以掌握。

洋蔥則是因為產期集中，在沒有冷鏈設備之前，三月採收之後，兩個月內就要盡快銷售完，因此常常遇到產銷失衡的問題，再加上南部收購洋蔥被三大盤商壟斷，洋蔥農民同樣沒有議價能力，就算價格太低，也只能認命交貨出去。

從農業部的統計來看，洋蔥產地價格每年起起落落，二〇〇四年的價格從前一年的十三．五元，一口氣跌到每公斤八．七元；二〇一四年價格有達到十七元，但隔年瞬間又突然瞬間下滑到十一．六元。洋蔥產量也是起起伏伏，歷年從四萬多公噸到超過七萬公噸，不斷起起伏伏，可說是相當容易產銷失衡的農產品之一。二〇一八年時，不少政治人物帶頭買洋蔥來幫助屏東農民，也有企業愛心認購洋蔥。但是，當年產地

農會在收了之後還有很多加工的方法，做成多種洋蔥加工品，產品多元化，消費者購買意願也比較高。

價格依舊硬生生從前一年的每公斤十六．七元降到十一．五元，產量更高達七萬五千多公噸，出現量多價跌又滯銷的困境。

屏東恆春種洋蔥的農民尤志遠說，從爸爸種洋蔥開始，時不時遇到大出、產量多的時候，也就是價格崩盤的時候，有人要收就要趕快給了，不然也只能放著讓它爛掉。一直到自己種洋蔥的時候，也最怕遇到大出，價格會跌到不敷成本。但是，這幾年情形卻不同了。以二〇二三年來說，洋蔥產量又上升到將近六萬公噸，是五年來的最高，但是價格卻沒有崩盤，產地價格維持在每公斤十九．四元，跟前一年總產量四萬七千公噸時的十九．八元差不多，難得沒有因為產量銳增而價格下滑。

洋蔥價格得以穩定的重要關鍵，就在於農會與農業部的策略，以冷鏈、加工作為產銷調節的關鍵工具。屏東縣恆春鎮農會總幹事林順和說，恆春洋蔥有好幾年遇到這種大災難，也就是所謂的「大出」，但是過去農會沒有工具可以幫助農民，現在則有冷鏈設備可以幫忙儲存洋蔥，拉長洋蔥販售期。原本農民在三月採收洋蔥後，五月就要趕快賣完，現在因為有冷鏈，賣到九月都不是問題。尤志遠也表示，農會現在進來幫忙收購洋蔥，農民確實比較安心。農會在收了之後還有很多加工的方法，做成多種洋蔥加工品，產品多元化，消費者購買意願也比較高。

無論是紅豆或是洋蔥，要打破根深柢固的結構，單單靠農業部的力量是不夠的，還需要農會民間力量的協助。農業部全力支援需要的相關冷鏈加工設備，農會出面組成農產公司，用符合市場行情的價格收購，進行加工處理，打破市場被壟斷的局面。

農會帶頭組成農產公司，為農民喊價

「你不可以這樣欺負農民，農會就是要扮演幫農民發聲的角色！」

林順和為了在地的洋蔥農民，找了枋寮、南州、佳冬、滿洲和屏東縣農會一起出資，組成了「農禾農產股份有限公司」。他提到，自己是農家出身，當然要跟農民站在一起，幫農民解決問題。組成這個公司最主要的目的，就是不要讓部分盤商控制銷售市場，獨占市場。幫農民解決產銷失衡的問題，讓價格穩定，確保農民收益不會受到損失，吉仲部長也相當支持這個想法。

林順和說，以前政府解決產銷失衡的方式就是購儲——買來儲存起來，只做到把量抽離市場。但是，現在農禾的模式完全不一樣，不但以好的價格向農民收購，初步處理後，冷鏈儲存起來，然後再找需要紅豆原料的加工廠銷售出去，讓收購來的紅豆，確實產生經濟價值。

在農會的努力以及農業部全力支持之下所設置的冷鏈與加工設備，解決洋蔥農民的產銷問題，消費者能買到在地、新鮮的產品。
（照片提供：屏東縣恆春鎮農會）

農禾公司在二〇一九年成立後，二〇二〇年就遇到紅豆豐收的情形，農禾公司一口氣向農民收購了三千多公噸。第一次收購紅豆，而且還是這麼大的量，為了銷售紅豆，尋找有興趣的加工業者，林順和說，他從南到北、從西到東，全台灣跑，到處去拜訪業者，一家一家的推銷屏東的紅豆，因為開公司要承擔很大的風險，銷售真的「壓力山大」。林順和說，遇到紅豆豐收的時候，如果農禾公司沒有出手收購，農民產地價格少說會掉三到四元。但是，現在這些盤商已經知道農禾有能力處理紅豆，就會用好一點的價格向農民買紅豆。

除了收購紅豆，農禾公司也在產量大或中部洋蔥產期和南部撞期的時候，向農民收購洋蔥；也因為農會都有建置冷鏈設備，洋蔥才可以冷藏起來儲存，慢慢調節市場的量後再釋出，穩住價格。恆春鎮農會也更進一步導入加工設備，將洋蔥製作成洋蔥粉、洋蔥汁等初級加工原料，再販售給食品大廠製作加工品。此外，農會與企業合作，研發出許多特色產品，例如洋蔥乖乖、洋蔥紅酒和洋蔥醬油等；跟生技公司研發洋蔥飲品，多方面的合作，讓洋蔥更具多元價值。

冷鏈加工設備助攻

農業部補助產地端農民團體建立冷鏈及採後處理之後，紅豆的年處理與調控量能提升達六千公噸，包含高雄市美濃區農會一千五百公噸、屏東縣恆春鎮農會兩千五百公噸、屏東縣嘉源生產合作社兩千公噸，占總消費量四成左右，維持產地價格達每公斤六十元以上。

林順和說，恆春半島雜糧大多在恆春鎮農會倉庫進行分級選別、包裝儲存、裝運集散等。恆春鎮農會進行農產品採後處理及冷藏調節、儲銷、運輸，以維持品質，調節

集結各農會之力，由農產公司為粒粒飽滿的優質紅豆，爭取合理的收購價格。
（照片提供：陳吉仲）

供貨量，平穩價格及拉長保鮮時間，進而提升農產品質，增加農民收益。於是，農會進一步向農業部提出增設冷藏庫計畫並且獲得支持。

另外，為提升紅豆市場競爭力，解決屏東地區紅豆採後處理問題以及產銷調節，還有恆春鎮農會轄區紅豆等雜糧收成與儲藏作業，恆春鎮農會向農業部提出計畫建置完整的紅豆與雜糧收成後的烘乾粗選，以及精緻分級選別包裝機具、拋光機等，均獲得農業部支持與補助。如此一來，配合冷鏈冷藏調節、儲銷、運輸等設備，就可以提高紅豆冷藏貯運品與產品競爭力。

洋蔥的部分，農業部補助產地端農民團體建置冷藏庫，儲藏空間達九千四百八十公噸。透過冷藏技術，洋蔥可以多儲放四到五個月，確保洋蔥品質，有效延長洋蔥供貨時間，調節產期，約可減少六十三．二萬袋（每袋十五公斤）的洋蔥（約產量的一五％）在市場上流通，讓價格不會崩盤。

洋蔥因此建立全程不斷鏈的示範模式，採收後進入導入低溫分級的包裝處理室，裡面設置預冷設備、冷藏庫，還有加工區的空調設備等，加上省工機械手臂和自動包裝設備，可以讓年處理量能從六千三百公噸提升到一萬公噸，因應市場狀況調節出貨，穩定洋蔥盛產期的產地價格。

林順和說，紅豆和洋蔥收購進來後，冷鏈真的很重要，不然要放哪裡儲存？因此，吉仲部長的策略是非常正確的，冷鏈讓台灣農產品供應鏈得以延長，也能把價格穩定，不會再被少數業者控制價格。

冷鏈讓台灣農產品供應鏈得以延長，也能把價格穩定，不會再被少數業者控制價格。

翻轉農業的幕後故事

陳吉仲

台灣的農產品市場結構有兩種型態，首先是受到少數業者壟斷的「市場壟斷型」、其次是「產銷易失衡型」。

首先，在市場壟斷型的部分，我們要先了解每項農產品的市場結構和通路，才能讓農產品的價格有支撐點，讓農產品價格高於農民的生產成本。當某項農產品的市場結構只有少數業者及通路商決定的話，價格當然就拉不起來，所以要打破這種被壟斷的狀況，農產品價格才會回到合理的市場機制。

我們看到部分農產品在國內生產不足，還要倚賴進口，例如洋蔥、紅豆、蒜頭等，理論上價格應該要更好，但實際情況反而不是，因為這些農產品往往容易被少數業者、通路商掌控，如果這種結構沒有打破的話，價格永遠拉抬不起來。然而，這個結構都是長期數十年運作出來的，販仔向農民買紅豆以後，賣給大盤，通路則是由大盤掌握，大盤再賣給加工業者、糕餅業者……從這樣的運作模式來看，要改變結構的話，就要改變通路。所以，唯有冷鏈、加工和通路同時搭配，才能有望改變市場通路結構。

另一種農產品型態不是通路被少數業者壟斷，而是農產品本身的特性容易發生生產量太大，銷售端跟不上，結果產銷失衡、價格下跌的狀況，例如鳳梨、香蕉、芒果等。

「三支箭」政策，將外銷產業全面升級

二〇一八年曾發生許多產銷失衡的案例，大家都在關心，下一個產銷失衡的農產品是哪個品項。後來，我們盤點所有農漁產品，宣布做好冷鏈、加工和內外銷「三支箭」[11]的政策方向，啟動許多冷鏈、加工和內外銷補助。例如，當年幾乎每個工作日都在確認紅龍果的價格，有沒有需要開始啟動產銷調節相關措施等。

其實，農漁產品不怕多，只怕少。量多的話，只要「三支箭」做好，就有很多工具可以調節。而且我認為，只要農漁產品產地價格高於農漁民生產成本，即使量再多，也不構成產銷失衡。產銷失衡真正的定義，是量多導致價格下跌到農漁民血本無歸、收入減少。

容易產銷失衡的農漁產品類型，往往會需要依賴外銷來抽離國內市場的量，而「賣

11. 前日本首相安倍晉三為挽救日本的經濟困局，在第二次內閣任內提出的政策被稱為「安倍經濟學」，「三支箭」為安倍經濟學的主要政策。第一支箭為寬鬆的貨幣政策，透過「量化寬鬆」，帶動經濟成長；第二支箭為擴大財政支出，促進市場活絡，帶動經濟復甦；第三支箭為構造改革的經濟政策，促使並發展民間投資。

到中國」主要是因為地理位置近，不太需要太嚴格的生產管理和冷鏈運輸設備。於是，從二〇〇八年之後，台灣農漁產品對於中國的依賴性越來越高，外銷占比一度在二〇一八年高達二三．二%，其中生鮮冷藏水果出口中國的比例在二〇一七年高達到八〇．一%。

對於單一市場的高度依賴，對台灣農漁民來說，是風險很高的事情，這也是中國「養、套、殺」[12]台灣農漁民的政治手法。中國選擇在前總統蔡英文第二屆上任後出手，從二〇二一年開始用不符合國際規範的方式，陸續禁止台灣農漁產品外銷中國，這是典型的以商逼政，加上社會大眾多數都會同情農漁民，認為政府沒有好好照顧農漁民。對中國來說，將打擊面限定在農漁產品，對兩岸貿易不會影響太過劇烈，但又可以產生很好的政治宣示性效果。

但是，中國沒有想到的是，我們從二〇一八年經歷的產銷失衡的經驗中，已經學到教訓，早早開始投入「三支箭」的準備工作，也因為「三支箭」的確實執行，中國在二〇二一年後的這幾波農漁產品禁止令，都沒有達到預期的效果——讓價格崩盤。相反的，價格不但維持在一定水準，有些品項的價格甚至更好，例如鳳梨的產地價格反而提高。

過去，九成五以上的鳳梨外銷是賣往中國，當中國宣布禁止台灣鳳梨進口的時候，我到南部鳳梨產區之一的高雄大樹，告訴農民不用擔心，政府要用十億元來協助處理鳳梨產銷，會透過冷鏈、加工和內外銷這三支箭，發揮重要功能。於是，我們藉由這次機會，讓台灣鳳梨產業從產地到銷售端全面升級。

鳳梨以前外銷到中國市場時，分級、包裝、洗選和冷鏈的要求不像日本的高規格標準。為了外銷鳳梨到日本，場試所和農民團體組成鳳梨輔導團隊，從分級、包裝、洗選、冷鏈加上燻蒸等，皆達國際標準，協助解決農民的現場問題。鳳梨產區的合作社也都全力配合政策，最後讓鳳梨品質獲得國際大廠肯定。

擺脫依賴中國單一市場

我們很努力在開拓更多高消費市場，但是國外通路不是一下子就能打通。所以，很感謝外銷業者大力配合，讓台灣農漁產品勇敢走向高消費市場，這個步伐未來還要更大幅度往前走，不能走回頭路。

12. 養、套、殺，證券市場常見的詐術。透過釋放甜頭，引誘散戶加入，然後將其套牢。隨著大股東的拋售將價格壓低，來不及脫手的散戶只能等著被宰殺。

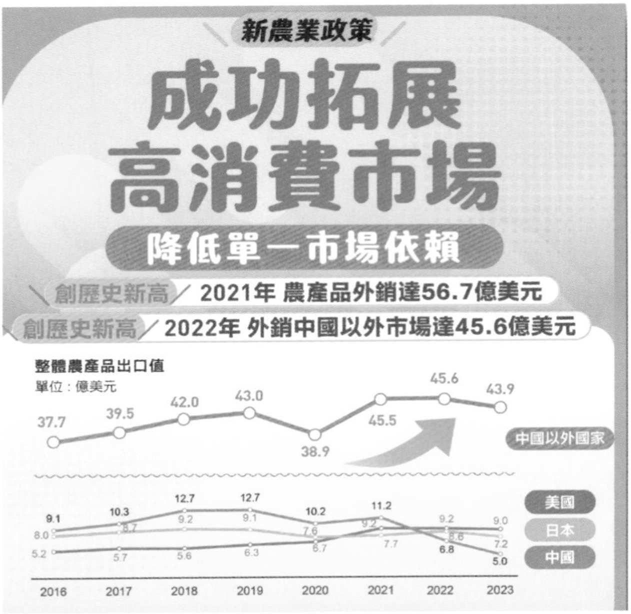

（資料來源：農業部；圖表提供：陳吉仲）

走向高消費市場的同時，國內整體產業都得跟著提升，從農漁民的生產管理精進，到整體產業導入冷鏈和加工設備，每一步都要讓農漁產品品質全面提升，也讓消費者對國產農漁產品的信心大增。

從數字來看，二〇二一年整體農產外銷值達到五十六・六九億美元，創下歷史新高。在積極拓展外銷新興市場的努力下，二〇二二年我國農產品外銷中國以外市場的金額來到歷史高點，達到四十五・六億美元，外銷中國市場的比例一路下降

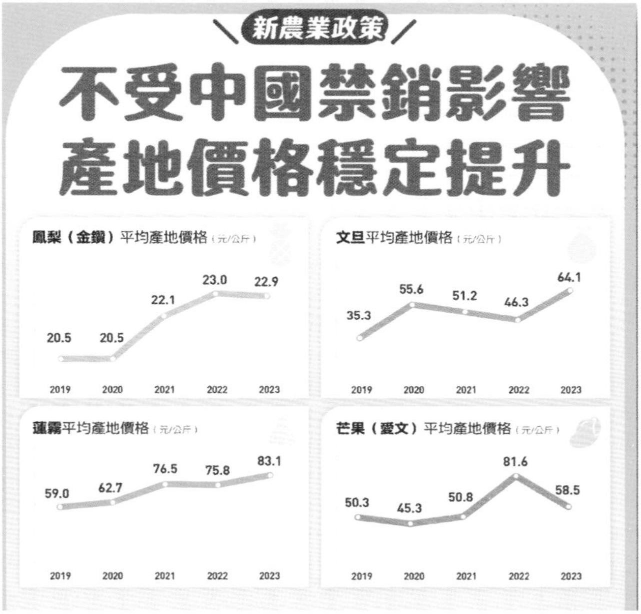

（資料來源：農業部；圖表提供 ：陳吉仲）

到二〇二三年的一〇・三%。

二〇二二年起，美國與日本更超越中國，成為台灣農產品外銷的前兩大市場，依序分別為外銷美國的金額為九・二億美元（一七・五%）、日本八・六美億元（一六・三%）、中國六・八億美元（一二・九%）。

Chapter

05

文旦大聯盟：策略聯盟打團體賽

文旦農一年只收成這一次，
要養活全家大大小小就看這一收，
我們一定要想辦法讓農民能過生活。

（照片提供：台南市麻豆區農會）

文旦往往面臨產期集中、銷售期短的問題，僅從白露到秋分，也就是中秋節前後約十五天的時間。

近年來，雖然因為氣候變遷，採收時經常遇到颱風的挑戰，以及二〇二二年時，中國片面宣布禁止文旦外銷的衝擊。但是這幾年來，台灣文旦農民不但撐過了嚴峻的考驗，二〇二〇年到二〇二三年的文旦平均產地價格，主產期價格都維持在史上最高，從二〇一八年的三十三·九元逐步往上提升，二〇二〇年來到每公斤五十五·六元，二〇二一年每公斤為五十一·二元，二〇二二年每公斤四十六·三元，二〇二三年則是每公斤六十四·一元。

台灣文旦產業把危機化為轉機，重新調整產業結構。其中，農會和農業部全力推動的「文旦大聯盟」，扮演相當關鍵的角色。

生產特性、氣候變遷、中國因素，台灣文旦產業挑戰重重

「種文旦的人，一年就只賺這一次收成，一次颱風就讓我血本無歸。」

四十八歲的陳雄，回到花蓮瑞穗種植文旦已經有十一年的時間。從小，他看著父親看天吃飯的務農人生，原本並不想繼續接手文旦園的工作。但是隨著父親年紀越來越大，體力越來越不好，心裡卻還是掛念著文旦，放不下田間的工作，因此陳雄決定回家，接手這個養育他長大成人的文旦園。

回到瑞穗的陳雄，第一年就接受了颱風的震撼教育。回想起十一年前文旦被颱風掃落一地的情景，陳雄仍然相當心疼。種文旦的農民，每年就靠一年一次的收成。文旦的價格好壞，是否會受天災影響，都是一場跟老天爺的賭注。賭贏了，大家就能好好過一場農曆年；賭輸了，也只能勒緊褲帶，把果園整理整理，重新開始。

陳雄的爸媽一代，以及許多青農的曾祖輩，往往都是依照「節氣」進行生產管理，順應的是大自然的季節氣候變化。過去的農

種文旦的農民，每年就靠一年一次的收成。文旦的價格好壞，是否會受天災影響，都是一場跟老天爺的賭注。

一年一收的文旦，若因氣候因素或外銷管道受阻，將會造成農家整年生計出現問題。
（照片提供：台南市麻豆區農會）

民，往往選在白露前後收成文旦，經過一段時間辭水[13]後，文旦在中秋節就會是最美味的狀態。不過，由於文旦一年只收成九月這一次，產期集中，再加上受限於白露到中秋節這段期間販售，販售期短，往往導致文旦在中秋節過後，價格慘跌。

台灣過去很少會在九月遇到颱風侵襲，然而因為氣候變化，九月颱變得很常見，加上極端氣候加劇，各種不可預測的天候狀況特別多，如果文旦農還是照著節氣採收，面臨的採收風險則會變大。

價格起伏如雲霄飛車，柚農心情如坐大怒神

歷年來，文旦價格經歷大起大落、走勢上上下下如雲霄飛車。舉例來說，二〇一五年，當年度平均批發價創歷史新高，每公斤為二十九・六元。到了二〇一八年，價格跌到每公斤十九・二元。除此之外，這四年間產量急速變化，二〇一五年全國批發市場交易量約六千四百多公噸左右，二〇一八年產量又高達九千七百一十五・五公噸。時間再往前一點，二〇〇二年到二〇〇七年的批發市場交易量，都差不多維持在七千四百多公噸到七千八百多公噸左右，但是價格卻也起起伏伏，落在每公斤十四・一元到二十四・六元之間。由此可見，文旦價格受到許多因素影響，如產期短、天候影響等，進而造成價格波動大，農民收益也隨之大起大落，始終只能看天吃飯。

台灣文旦農遭中國外銷市場「養、套、殺」

二〇二一年八月三日當天，中國突然片面宣布禁止台灣文旦進口，對即將進入九月收成期的文旦農來說，簡直是晴天霹靂。文旦是華人文化的年節水果，是自用及中秋

13. 辭水，指柑橘類果實表皮消水的過程。新鮮採收的文旦表皮水分飽滿，但果肉水分較不多，室溫放置幾天、甚至一、二週之後，果肉轉而消耗外皮的水分，會讓果肉更加飽含甜度。

節送禮的應景果品，中秋節過後消費量便會急劇下降，因此經常面臨產量集中、消費期集中的困境。

文旦外銷量在二〇一五年起突破兩千公噸，隨後在二〇一八年來到三千三百一十八公噸，二〇一九年更達到歷史新高的四千九百五十六公噸。但是，細看出口國家，會發現九成左右都是出口到中國，可說是高度依賴中國市場，二〇一八年出口中國數量為三千一百三十三公噸，二〇一九年更達到四千三百七十公噸。因此，二〇二二年中國宣布禁止台灣文旦進口，對文旦農來說，就像投下一顆巨大的震撼彈，加上當年白露到中秋節相隔僅三天，農民們和農會紛紛「剉咧等」[14]。

由於習慣依賴大量出口到中國，文旦產量越來越高。二〇一五年中國出口量達兩千一百二十六公噸後，台灣文旦產量年年增加，從二〇一五年產量六萬零八百九十五公噸，一度在二〇一七年增加到七萬九千五百公噸，之後就一直維持在超過七萬公噸的年產量。當無法外銷中國市場之後，文旦農民第一個面臨的，就採收下來的文旦要銷到哪裡？價格是否會一落千丈？對台灣文旦農來說，依賴外銷中國，成為了裹著糖衣的「養、套、殺」毒藥。

翻轉文旦農命運，新務農模式出現

為了不讓每年的收成都像賭注一樣，陳雄這一代青農返鄉務農，開展出與父執輩不同的務農模式。從生產管理的改變、加工技術的精進、品牌通路的拓展，再到加入農業保險尋求收入的保障等，都是為了讓做事的收入，不再只能摸摸鼻子認命，而是能更加穩定。新一代務農模式的出現，除了要有農民願意嘗試改變，以及有農會的執行力，還要加上農業部的支持輔導，三者缺一不可。

陳雄看到了種植文旦跟父執輩不一樣的嚴峻挑戰，他明白非得轉型不可。不只是陳雄，新一代的農民們務農，面臨的是比過去更加嚴苛的「老天爺」。如果選擇繼續認命做事，農民將會更難生存，台灣農業將會因為沒有新血注入而凋零。

新一代的農民們務農，面臨的是比過去更加嚴苛的「老天爺」。如果選擇繼續認命做事，農民將會更難生存，台灣農業將會因為沒有新血注入而凋零。

為了克服白露到中秋的天數限制，延長文旦的銷售期，「早收技術」就顯得相當重要。農業部花蓮區農業改良場（簡稱「花改場」）

14. 剉咧等，台語，表示害怕或令人害怕的事情即將發生，由於心生害怕，身體不自覺發抖。

從每年三、四月柚花盛開，到八、九月採收季節，經歷大半年的細心呵護，早收技術減輕農民許多採收與銷售的壓力。
（照片提供：台南市麻豆區農會）

指出，早收技術是一套整合性的管理作業，透過整枝修剪、水分管理、改進肥料管理和土壤改良等，來促進文旦果實生育並提高品質，目標是讓文旦果實在八月中旬的甜度，就能達到十．五度以上，並讓外觀轉色良好，具備採收販售的潛力。

花改場從二〇二一年開始研發文旦早收技術，為了讓文旦農民了解什麼是早收技術，花改場不斷辦理栽培技術講習會，透過產銷班落實田間管理。花改場人員也會不定期到果園採樣監測和輔導，並建立LINE群組，即時為農民解答。二〇二二年的白露到中秋僅隔三天，文旦農民銷售壓力極大。當時率先加入早收計畫的農民，可在白露節氣的前一個月提早採收，而且還未辭水的果實甜度就達已到十一．五度以上，證明了早收技術確實可提高果實甜度，因此紓緩了農民的採收和販售壓力。

除了降低必須順應節氣的採收壓力，在極端氣候的情況下，颱風來得越來越晚，就像二〇二三年八月三十日的蘇拉颱風，以及接連於九月三日來襲的海葵颱風，都讓文旦農捏了一把冷汗。文旦採收期面臨的颱風威脅，除了接連的豪大雨會造成落果的減產損失之外，大雨後也不能馬上採收，否則會有手印印在果皮上，導致賣相不佳。果實甜度也會受到雨水影響，雨後更可能會因為水分過多出現大果。由於消費者購買習慣已經認定，文旦越小就越甜、越好吃，因此大果（通常是指重量大於一台斤）的市場行情較差。大果量太大的話，會拉低整體文旦價格，進而影響農民的整體收入。

陳雄在果園導入早收技術後，順利的在蘇拉颱風和海葵颱風前提前採收，成功躲颱風的侵襲，不僅辛辛苦苦照顧的文旦能賣出好價錢，更拉長了銷售期。

導入風險管理概念，為文旦上保險

除了早收技術確保文旦不受天候影響之外，農會也會收購大果，協助加工。陳雄說，大果通常會拉低整體市場價格，若是放任大果在市場上流通，就會影響文旦的價格。但是，現在農會會向農民收購大果，把大果進一步加工，讓鮮果的市場價格維持穩定，同樣有助於農民收益。

除了在生產端避免遭受災害，陳雄這一代的新農民也開始將「風險管理」的概念帶進農業經營。陳雄提到，他有投保農業部推動的文旦保險，就像人怕受傷會保意外險，文旦也怕受傷，所以要投保農業保險。這樣一來，要是因颱風而產生損失，就不怕血本無歸，還能申請理賠，有資本能投入隔年的生產。陳雄說：「至少讓我們有勇氣去面對下一年。」

陳雄也談到，現在氣候變遷真的很明顯，以前老一輩的人種文旦，九月的時候已經不太會遇到颱風，現在九月颱已經不是特例。面對這種說不準的天氣，農民更需要有農業保險，才能比較安心。他表示，之所以可以獲得這麼多資訊，翻轉跟父親不同的務農命運，主要是種植過程中，有農會、農改場、農業部政策的協助。這幾年，更因為有了文旦大聯盟的成立，不只提供許多生產技術精進的資訊，擴大了文旦銷售管道，尤其各式各樣加工品的研發，更是以前沒有想像過的。

翻轉農業的幕後故事

「文旦農一年只收成這一次，要養活全家大大小小就看這一收，我們一定要想辦法讓農民能過生活。」

前總統蔡英文執政的八年時間，農業出現了結構性的改變，也就是整體農產品價格的穩定和提升，農民收入才能維持在一定的水準，其關鍵就在於冷鏈和加工基礎建設的建立。

陳吉仲

農業結構性改變：冷鏈＋加工＋策略聯盟

回想起冷鏈和加工模式的建立，起源於跟日本Farmind株式會社社長的一次深談。當時，我一直在思考，如何讓農產品價格維持穩定？如何讓農民收益維持穩定、甚至提高？社長跟我分享，只要從市場抽離一小部分的量，就能確保價格的穩定，而抽離出來的量，可以進行加工，所以冷鏈和加工就是關鍵。

就鮮果市場來說，品質較不好的鮮果會拉低整體的市場價格，抽離出來後，就能確保品質好的果品，價格符合行情。而對於被抽離的次級品和格外品[15]來說，過去大

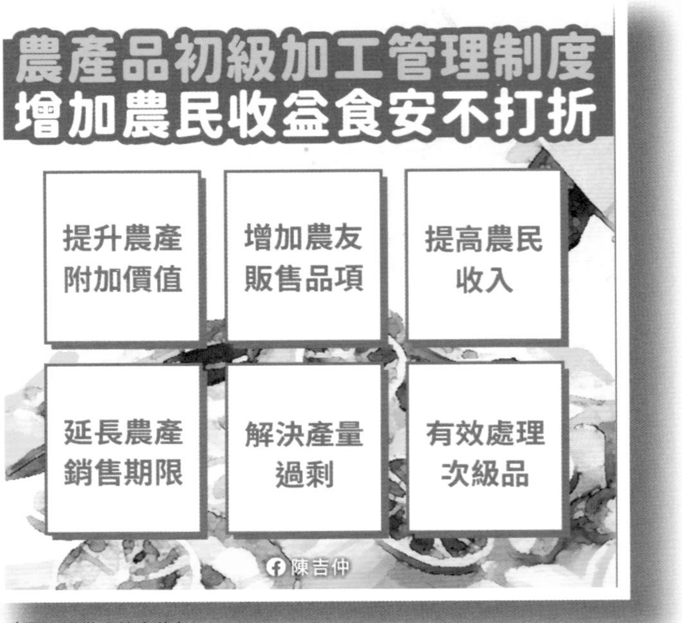

（圖表提供：陳吉仲）

多是去化和堆肥，但是加工才是真的能讓次級品或格外品，重新獲得價值的作法。

對於鮮果和加工來說，冷鏈都有相當大的幫助。冷鏈可以確保從產地端就維持鮮果的品質，讓上架期限拉長，進一步更能擴大外銷市場，例如芭樂可以成功外銷美國，就是因為有冷鏈技術加持。就加工品來說，冷鏈設備可以確保鮮果加工前後的儲藏期限。加工前，因為有冷鏈，可以排程依序加工，不用擔心天氣過於炎熱，果品等農產太快腐壞。除此之外，更因為有冷鏈設備，才能拉長加工品的銷售期限，例如冬天還能吃到文旦製品，就是透過這樣的方式做到的。

15. 格外品，指不符合市場規格的農產品，可能會造成的原因有：形狀扭曲歪斜、表皮受損、過大或過小等。

聯盟的目標就是整合產業鏈中的上中下游，形塑台灣文旦品牌，打團體戰策略，合作拓展商機。

文旦大聯盟的誕生

為了系統性解決文旦頻繁遇到的產銷調節問題，文旦主要產區的農會總幹事團結起來，希望成立文旦的策略聯盟。時任宜蘭縣冬山鄉農會總幹事的黃志耀帶著其他主要產區的農會總幹事，拜訪當時的農委會代理主委陳吉仲，提出完整的計畫，希望促成聯盟的組成。終於，二〇一八年十二月二十七日，文旦大聯盟正式成立。

文旦大聯盟由台南市麻豆區農會和下營區農會、嘉義縣竹崎地區農會、雲林縣斗六鎮農會、苗栗縣西湖鄉農會、新北市八里區農會、宜蘭縣冬山鄉農會、花蓮縣瑞穗鄉農會和玉溪地區農會，以及台東縣東河鄉農會所組成，聯盟底下分工成五個小組，分別是生產管控組、加工媒合組、內銷通路組、外銷通路組，以及休閒與文化組。黃志耀說，聯盟的目標就是整合產業鏈中的上中下游，形塑台灣文旦品牌，打團體戰策略，合作拓展商機。

瑞穗鄉農會總幹事黃盛皇提到，文旦大聯盟有個很重要的角色，就是資訊共享和展開各自的銷售通路，例如早收技術的資訊分享，以及各自開發的加工品，可以透過十大產區一起販售，擴大銷售點。

台南市麻豆區農會總幹事孫慈敏說，除了希望把在地文旦產業照顧好，更希望靠聯盟的力量，打團體戰把台灣文旦介紹給更多人，將各地文旦產值都帶動起來。不過，她也表示，文旦大聯盟要成功，就需要有農業部的支持，否則聯盟就會為淪為空殼。所以，後續農業部的許多協助，不論是冷鏈加工硬體設備的補助，或早收技術的輔導，都讓農業部和農會一起合作，為文旦農民盡一分心力。

文旦再加工，銷售生命再延長

除了從生產端延長文旦的銷售生命以外，經由加工讓文旦擺脫產期銷售的限制，也是近年來農業部和農會共同推動的方向。現在的文旦，從果皮到果肉都可以全果利用，再創價值。所謂文旦加工，文旦大聯盟想的是如何全果利用。由於過去沒有機械化設備，只能靠人工削皮後取出果肉，因此加工的量能很低，也無法達到一定的市場規模。因此，就文旦加工來說，機械化就特別重要。

花改場為了解決加工的困境，並且達到量產目的，開發改良了一系列省工機械，包含文旦精油提取機、削皮機和柚肉分離機等，建立「文旦機械加工技術一貫化系統」，大幅提升原料處理的效率。瑞穗鄉農會就引進了這套文旦機械加工技術一貫化系統。

過去，如果要提取精油，往往要仰賴人工去皮、再榨油，但文旦精油提取機可以快速收集文旦表皮的精油，效率是人工操作的十倍。精油提取後，可以加工成後續相關產品，包含洗手乳、酒精噴霧等。使用旋轉式削皮設備將文旦削皮，每一顆文旦擺上去後，經過旋風式旋轉，厚重的果皮就會快速與果肉分離。接著，將去掉外皮的果肉放進水果分切機，進行果囊分切；分切好的果囊經過柚肉分離機處理，就能將新鮮的果肉從文旦瓢瓣分離，成功取出果肉。花改場指出，目前建立的文旦機械加工技術，可一貫化作業，相較於傳統人工取果肉八小時大概可取出八十公斤果肉，機器每天連續作業八小時，可處理兩公噸以上的文旦，取肉率達八六%，效率快了十五倍以上。

由於加工流程機械化，讓文旦加工量能可大幅提升，文旦果肉、果汁、精油等初級加工原料，可更進一步製作成許多文旦加工品，將文旦產值最大化，也讓本來在市場上價格較低的大果或格外品，成功翻身為產值更高的加工品。最重要的是，由於把大果從市場抽離出來進行加工，文旦整體市場價格就不會被大果拉低，可以維持好的價格，讓農民收益更好、更穩定。

黃盛皇說，以前很少聽到文旦加工品，現在不但有文旦果肉可以製作手搖飲、果汁，還有許多文旦精油相關的清潔用品，果皮也可以做為烘焙材料等。文旦策略聯盟其中一個目標，就是幫忙農民加大文旦加工的力道，而加工的背後有一個重要的意義，就是抽離大果，以穩定市場價格。

為了穩定文旦價格，農會向文旦農收購文旦後，要先經過分級包裝，品質好、賣相佳的果實直接以鮮果販售，大果則進入加工程序。對於整體市場而言，「抽離大果」可說是相當關鍵的措施。黃盛皇表示，消費者對於採買文旦的觀念，都認為老欉文旦越小粒，就越好吃，儘管文旦大果同樣可口，但消費者接受度低。所以，如何幫大果做加工處理就很重要，除了可避免大果干擾市場價格，還能創造大果更高的附加價值。

黃盛皇提到，在吉仲部長任內，就指示花改場進行加工設備的開發和改良。這些設備的功能越來越強，而且效率越來越高。除了加工以外，還需要冷鏈搭配才能相輔相成。文旦的初級原料加工完成後，甚至剝離下來的果皮，都需要有冷鏈設備冷藏，才能製作更多元的加工產品。因此，在農業部經費的支持下，瑞穗鄉農會投入建設七十坪大的冷鏈設備，在「冷鏈」與「加工」兩者的搭配之下，讓文旦加工品量能得以提升。

黃盛皇說，瑞穗鄉農會在吉仲部長任內，向農業部提出增建加工廠的計畫，計畫打造兩百坪的食品加工廠，完工後不僅可以協助加工文旦，還可以協助東部其他農產品的加工。由於目前花蓮地區幾乎沒有大型的農產品加工廠，想要將農產品運送到西部加工，運費又是一筆支出，成本相對增加。如果在地能有大型加工廠，就更能幫助在地的農民。

麻豆區農會則是在二〇二三年八月建置全國首座「文旦柚智慧化自動分級包裝場」，經費由農業部農糧署補助及農會自籌配合款，包裝場結合田間管理和初級加工等機械設備，在麻豆區農會建立文旦省工一貫化生產模式，搭配冷鏈設備，收購進來的文旦和加工品可以低溫儲存，在確保品質的同時，亦可擴大加工量能。

一貫化加工系統以機器取代人工，不僅提高產能，也讓加工品更多元化。
（照片提供：台南市麻豆區農會）

麻豆區農會進一步與國立中興大學合作，在初級加工場設置「文旦梅柚片生產及精油萃取一貫化加工系統」，包含果皮截切機、梅柚片原料自動切割機、文旦精油萃取蒸餾機等設備，可以生產出精油、柚子醬和梅柚片的原料，再進行加工。整個場域除了選果、測糖到包裝可以一條龍作業之外，還能以一貫化加工機器進行加工。過去，一個人力工作八小時最多只能處理二十公斤文旦，現在機器一小時可以

透過延長銷售期，擴大多元加工品，才能打破文旦產期和銷售期集中的侷限性。

處理四百公斤，不僅節省人力，同時也提高產能。

孫慈敏說，現在文旦分級包裝都是透過機器分級，把文旦依大、中、小的不同規格分出來。要鮮果販賣的，就會搭配自動折紙盒機器裝箱；要加工的大果，則是運到旁邊加工區，剝完果皮和果肉後，直接進到冷凍櫃。由於冷鏈設備的建立，大果還能冷藏儲存，陸續排程加工，不用急著在一週內就要完成，加工量能不再受限。

無論是瑞穗鄉農會與花改場合作，或麻豆區農會與中興大學合作，都能看出加工加上冷鏈模式對於文旦產業的重要性，對於穩定農民收益的幫助。透過延長銷售期，擴大多元加工品，才能打破文旦產期和銷售期集中的侷限性。

鮮果、加工品內銷再擴大

農業部和文旦大聯盟，都積極的為農民拓展鮮果及加工品的內外銷通路。就內銷部分來說，鮮果經過加工後，食用就很方便。由於整顆完整的文旦對於現在的消費者來說，吸引力較低，除了要剝皮很麻煩以外，也有許多年輕人不知道從何剝起。現在有

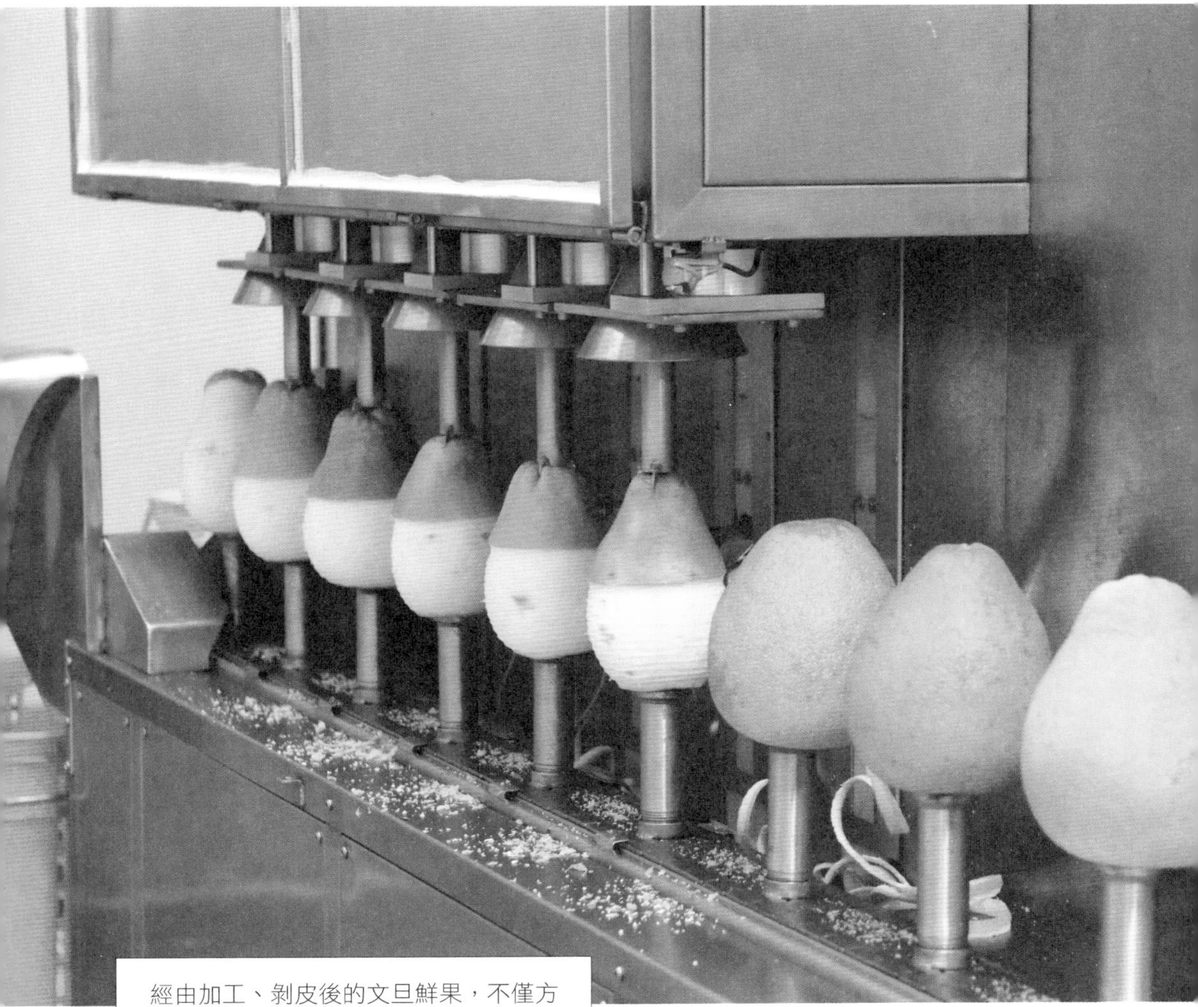

經由加工、剝皮後的文旦鮮果，不僅方便實用，進入超商通路之後，也拉近了與年輕消費者的距離。
（照片提供：台南市麻豆區農會）

機器可以加工後，剝好的果肉可以直接在超商通路上架，一小杯帶著走，相當便利，消費者的接收度也提高許多。

除了鮮果的變化，文旦果肉經過初級加工處理後，也成為各大手搖飲店很受歡迎的原料。從南部起家、相當知名的手搖飲店「茶之魔手」，在非文旦產季的三月份可以推出柚香柚甜系列飲品；「萬波」則推出的白柚翡翠和白柚金萱，也相當受到消費者喜愛。新鮮果肉急速冷凍，除了可以鎖住文旦原本的甜味和水分，更讓大家在一年四季都能品嘗到文旦相關製品，這些都歸功於冷鏈加工的技術提升。

農會也陸續開發出多種文旦加工品，例如麻豆區農會的柚花咖啡、柚纖抹茶巧克力脆條、梅柚片兒。除了吃的以外，還有柚花洗手乳、洗髮精等，應用範圍相當廣泛。冬山鄉農會將文旦結合契作的糙米和紫米，製作出果酥，也是深受消費者喜愛的產品。瑞穗鄉農會則是融合在地文旦和茶葉，開發出瑞穗柚香茶，採摘一年才綻放一次的新鮮柚花，與瑞穗特有的大葉烏龍或金萱品種茶葉，在烘焙機中將一層花、一層茶葉，層層疊起，以低溫烘焙方式，讓柚花香與茶香完美融合，喝完茶後，還能感受餘香繞梁的韻味。

開拓外銷市場，分散風險

在中國禁止進口文旦之後，農業部和農會持續打開其他國際市場，如日本和韓國。從農業貿易統計來看，在二〇二三年，文旦外銷新加坡市場的量達五百二十三公噸，達到歷年來新高；加拿大市場則從二〇二〇年到二〇二三年，維持每年超過百噸的外銷量。黃盛皇表示，中國的禁令一出，農民和農會都很擔心價格會掉下去，但是農業部很積極開拓其他的外銷市場，譬如瑞穗鄉的文旦就出口到加拿大、新加坡、日本，甚至還出口到馬紹爾群島。創造多元的外銷市場，對農民絕對有好處。

打響文旦大聯盟品牌，聞見台灣的香味

黃盛皇說，文旦的消費人口一直在減少，當初成立文旦大聯盟的目的，就是希望文旦各產區能團結起來，大家集思廣益打出屬於台灣的文旦品牌，這其中包含內外銷、加工和生產管理等，就是為了提升整體文旦產業來努力。前冬山鄉農會總幹事黃志耀表示，所有盟友一起用這個品牌，希望能有廣泛的效應。所以，無論是十大產區的文旦禮盒，或是推廣到便利商店通路端的截切文旦杯，甚至其他文旦加工品，包裝都會印上文旦大聯盟的 Logo，就是想讓消費者認識這個全國性的文旦品牌。

「拾柚產銷履歷文旦禮盒」將台灣十大產區的文旦集合在一起，消費者一次可以品嘗各個產區文旦各具特色的風味、口感。（照片提供：台南市麻豆區農會）

黃盛皇說，文旦香氣很特別，過中秋的時候，一定會想起這個香味，那是家人團聚的氛圍，也是屬於台灣的味道，文旦大聯盟就是要讓大家記得這一味。

全果加上全產期利用，邁向六級化產業

為了讓文旦不只可以全果利用，還可以全產期利用，文旦大聯盟發起了「柚花路跑」的系列活動，每年三月柚花陸續盛開的季節，在台南麻豆、花蓮瑞穗和玉溪、宜蘭冬山等地舉辦路跑。麻豆區農會總幹事孫慈敏說，舉辦路跑是為後續鋪路，從三月就開始展開文旦推廣行銷的活動，舉辦路跑的時候，提供跑者試吃文旦加工品，到了八月文旦開始採收後，再把訂購的文旦寄到跑者家，讓消費者深刻體驗到文旦從開花到結果的過程。

麻豆區農會進一步串連場域內的自動分級包裝

場、加工和冷鏈設備，打造一座食農教育體驗館，將文旦產業六級化發揮到淋漓盡致。孫慈敏表示，遊客可以先在戶外的園區體驗，然後前往自動包裝廠繞一圈之後，再去冷鏈廠參觀，最後進到體驗館進行食農教育。消費者除了了解文旦的營養知識之外，還可嘗試各式各樣的文旦加工品，園區整體彩繪牆的設計，更是打卡、拍照留念的最佳場景，這也是在吉仲部長支持之下推行的。

文旦大聯盟的成立，讓文旦十大產區的農會集結起來，每年規劃出有系統性的文旦產銷計畫，從內銷、外銷推動的量，還有加工的量要達到多少，文旦農民不必擔心採收下來的文旦要如何銷售、銷到哪裡；如果有大果賣不出去，又該怎麼辦？現在的農會已經有能力收購文旦，而且已經為農民找好銷售通路。收購大果後，農會有冷鏈和加工設備可協助進行初級原料加工，再販售給其他需要文旦原料的業者。

麻豆文旦青農李佳翰說，文旦大聯盟起了一個很重要的作用，就是「護盤機制」。要是大家發現文旦要大出了，農會就可以進場幫忙收購文旦，大果拿去加工，或是再努力擴大鮮果銷售的可能性等，讓價格較低的大果不會干擾市場價格，維持文旦的價格穩定。他認為，光靠單一農民根本沒辦法為整體文旦產業發聲，需要有農會組成聯盟，直接向中央政府以及銷售通路溝通，才能為文旦農民開創更大的市場。

翻轉農業的幕後故事

就算基礎建設再怎麼完備，如果沒有「人」去執行，那麼再好的設備都沒有用處。因此，「策略聯盟」就是一個很重要的執行者，從「文旦大聯盟」可以看到農會的自主性。

還記得二〇一九年的春天，時任冬山鄉農會總幹事的黃志耀帶著文旦產區的農會總幹事們來開會，提出十個文旦產區要組成文旦大聯盟，從內外銷到加工，包含下一個年度要怎麼處理，都有相關規劃。農會想做，農業部當然要給予足夠的支持，重點是——這確實可以幫助到農民。

文旦大聯盟每年會評估當年可能的產量，評估當年度外銷量會衝到多少、大果要收購多少、加工量要多少，才能讓內銷市場的文旦價格穩定，不會讓農民血本無歸。農會向農民收購後，進行分級包裝，品質等級夠好的鮮果就銷售到內外銷市場，大果則開始排程加工。而這中間需要的協助，農業部全力支持，包含冷鏈和加工設備的補助、外銷獎勵，以及鮮果和加工品內銷拓展的媒合等。從文旦大聯盟就可以看到，政府和民間合作為農民努力的展現。

農會經濟事業開展的成功典範

農會本身就負責多項業務功能，包括信用部、保險、推廣供銷等，而文旦大聯盟，更是農會推動經濟事業的成功典範。文旦大聯盟的十個農會，在文旦推廣供銷上打團體戰，不僅增加農會的收入，更提高了農民的收益。

大聯盟不只做到內外銷和加工，甚至讓文旦全產期利用，實現六級產業化的目標，因此在柚花開的時候，就串連不同的文旦產區開始陸續舉行柚花路跑，讓民眾聞著柚花跑馬拉松，認識文旦的生長過程，甚至直接下好文旦訂單。此外，二〇二三年推出的十大產區文旦禮盒，消費者一次就能品嘗到十個不同產區的文旦美味，認識所有主要產區的文旦。大聯盟行銷方式不斷推陳出新，有助於文旦的擴大銷售。

文旦這項水果，常常受到假消息和政治攻防的操作，例如文旦次級品、大果等，從市場抽離待去化[16]的時候，就有人刻意用空拍機去拍這些待去化的文旦，散播文旦生產過剩的消息，文旦市場價格因此受影響而滑落，給文旦農民重重一擊。不然，就是選舉的時候，有假消息指出文旦生產過剩，被一車一車載去倒掉，再加上中國一下

16. 去化，政府出錢買下農產品棄置或做堆肥。

禁止進口，一下開放……在種種媒體與政治操作之下，最終受傷的都是農民。

事實上，數字會說話！從二〇二〇年到二〇二三年的文旦產地價格，就可以看到並未受到中國禁止進口的影響，因為主產期平均產地價格都維持在史上最高。這些都是文旦大聯盟的農會和農業部合作，共同從專業出發的努力成果，這才是真正幫助到台灣文旦農民，讓文旦產業永續。而上述冷鏈、加工和策略聯盟，都還要持續擴大力道，才能真正為農民解決問題，穩定農民的收益。

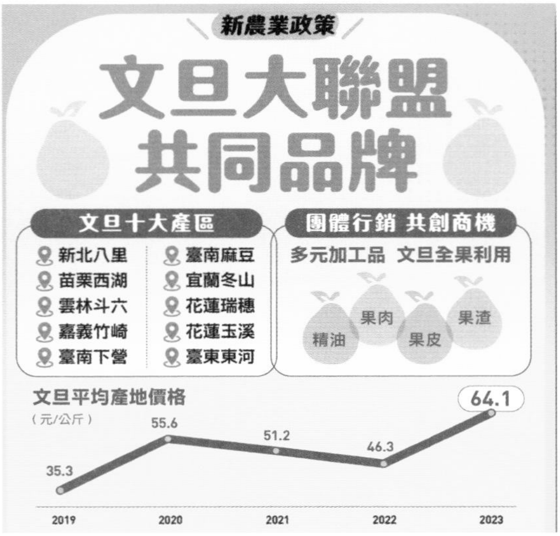

（資料來源：農業部；圖表提供：陳吉仲）

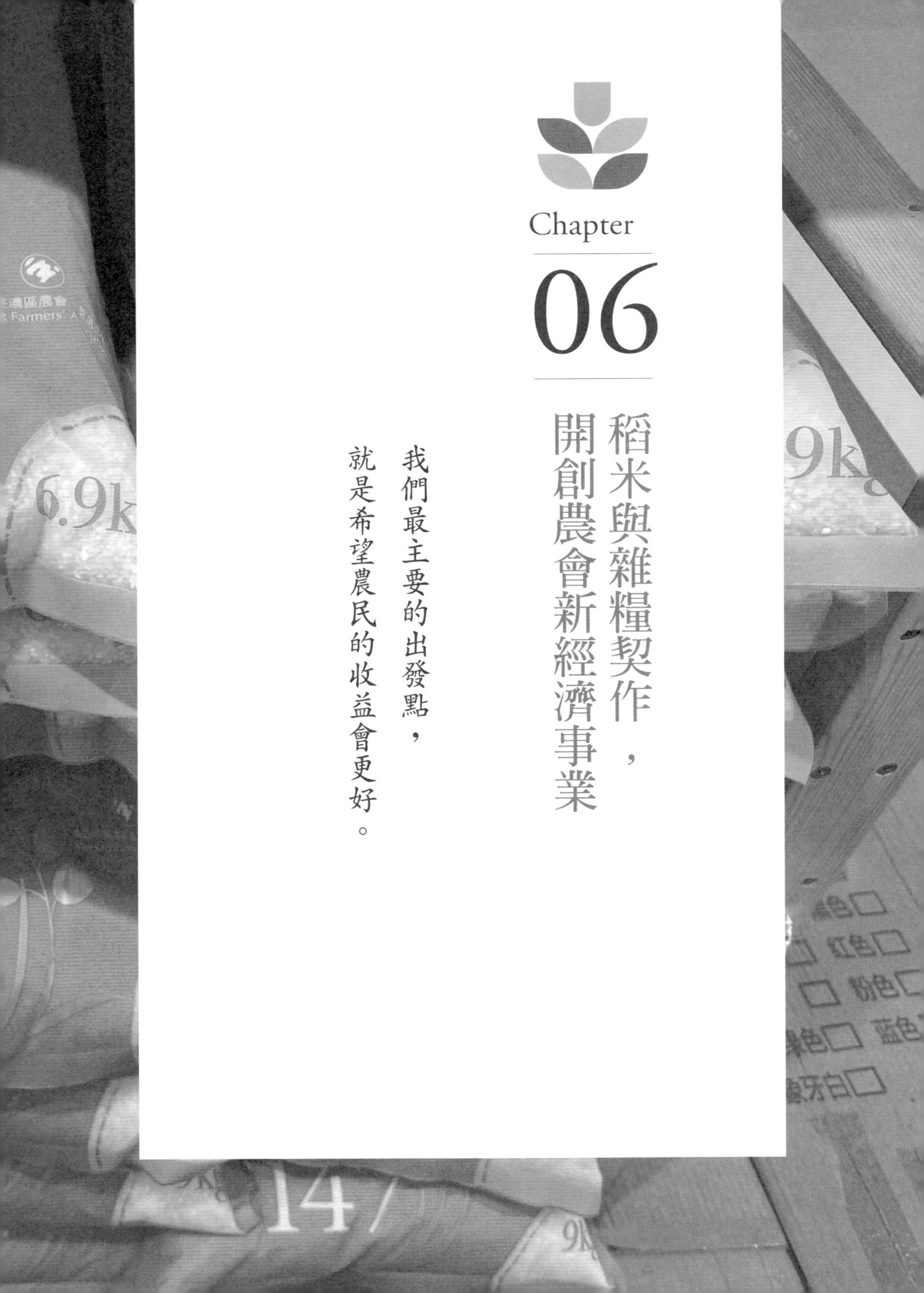

Chapter

06

稻米與雜糧契作，開創農會新經濟事業

我們最主要的出發點，
就是希望農民的收益會更好。

（照片提供：簡惠茹）

二〇〇二年元旦，台灣正式成為ＷＴＯ第一百四十四個會員國，農產品進口值大幅增加，為台灣的農民帶來重大的影響。

以高雄市美濃區為例，美濃原本以種植菸草為大宗，但同樣於二〇〇二年元旦起，菸酒專賣制度正式廢除，美濃種植菸草的盛況走入歷史，再加上擔心稻米的種植受到國際自由貿易化的衝擊，美濃農民開始尋找新出路，提升米的品質更是勢在必行。

稻米產銷契作集團產區，美濃打亮台灣特色米招牌

「我們最主要的出發點，就是希望農民的收益會更好。」

講起「高雄一四七」，就會想到高雄市美濃區。美濃區農會稻米契作面積從二〇二〇年的三一三．五公頃，持續擴大到二〇二四年的四百一十五公頃，契作農戶也持續增加，從三百七十五人成長到四百七十五人，契作面積已經來到約整體美濃水稻面積

的三分之一。

美濃區農會從二〇〇三年就開始導入契作的概念，早期的契作品種是種台梗二號，後來轉變到高雄一四五號，現在則是主打高雄一四七號。其中，高雄一四七號更因為是稻米界常勝軍，許多其他縣市的農民也跟進種植。

從菸城蛻變成為冠軍米鄉

美濃區農會總幹事鍾清輝表示，從二〇〇二年台灣加入WTO開始，當時大家都很擔心稻米會受到衝擊，再加上菸草因為菸酒專賣制度廢除，菸草種植面積漸漸減少，所以農會勢必要為美濃農民的轉型想辦法。

菸草屬於秋冬裡作[17]，因此即使在過去美濃種植菸草的鼎盛時期，其他時間也種植稻米，所以本來就有很多稻田。鍾清輝說，既然美濃有這麼多稻田，能不能想辦法

17. 台灣主要有春作及夏作兩個栽培適期，但在中、南部，由十一月到次年二月冬季期間，實際低溫日數不多（除寒流來襲外），而且日照充足，有部分短期豆科、蔬菜作物或其他高價值經濟作物，仍可生長良好，謂之「秋季裡作」或「冬季裡作」。

讓稻米品質更好一點？特別是在二〇〇四年，美濃拿下第一屆全國稻米品質競賽的第二名，這更讓大家有了信心。

為了轉型順利，美濃從二〇〇〇年初就開始推動稻米契作，主要是希望農民的稻米價格可以比較好。當時採用的是台梗二號的品種，後來又轉成高雄一四五號，再到高雄一四七號，因為美濃區農會和高雄改良場一直保持密切的合作關係，以「適地適種」為原則，想找出最適合美濃種植的品種。

從育種到採收，每個環節農會都嚴格把關。例如，請單一育苗場來育苗這個品種，契作的農民則到指定的育苗場拿秧苗。為了避免最後純度被混雜到其他品種，農會也指定八家業者割稻，可以說是相當謹慎的對待整個種植到採收的過程。

既然美濃打出「高雄一四七」這個品牌，品種的純度就要有所堅持。鍾清輝提及，從改良廠的原種田[18]到採種，再到育苗廠的秧苗，包括割稻機業者的把關，全程都要

18. 「原原種」是最純的種，在政府的改良場，由原原種庫拿來種植，結穗生產的稱為「原種」，拿原種培植稱為「原種田」。

2021 年初，「食品界米其林」的比利時《國際風味暨品質評鑑》（iTQi）出爐，來自美濃的「高雄 147」米勇奪 3 顆星最高榮譽。
（照片提供：高雄市美濃區農會）

將品質控管做好，才能確保純度。到後來，農會更是一條龍的處理烘乾、加工和包裝的所有過程，甚至連割稻機業者是否在對的地方割稻，農會都可以追蹤記錄。除此之外，業者割稻的時間和數量，也要能搭配烘乾的時程安排，因為如果量太大，稻子也不能拿去別的地方烘，主要是擔憂會被與其他品種混雜處理，或者擔心被烘壞。從脫殼到精米[19]各流程的加工，都有高雄一四七號專屬的設施。二〇二三年，美濃區農會更進一步投資了將近五千萬元，來精進設備。

鍾清輝說，美濃區農會的契作流程很嚴謹，也很安全。契作的四百多公頃、兩千多筆地號，每一筆土地採收前，都會檢驗農藥殘留，由農會派人到每一個田間取樣，經檢驗通過後，農會才會通知農民可以割稻了。所以，整體管理、調控，都由農會全面把關，就是為了打亮美濃「高雄一四七」這個品牌，堅持要有最好的品質。

用價格與品質說服農民契作

「農民看到價錢好，全部都搶著想加入契作，現在加入契作一四七都要排隊了！」

鍾清輝說，如果你要農民種好品質的米，就要給農民好的價格，農民才會願意種。

所以，儘管在正常情況下，西部地區的稻米大概可以到二十割[20]，美濃的高雄一四七號的產量不會超過十五割。既然產量少了一般品種的四分之一，價格當然就要比人家高四分之一。只要能給農民好的契作價格，農民自然就會願意配合農會種植，願意嘗試用高雄一四七號這個品種，願意配合農藥檢驗。這樣做的話，農民才不會每次都選擇種公糧米，結果種出來後又儲放一堆在倉庫，等到後來沒人吃，就只能碾成飼料米。要是以每公斤二十五塊買入公糧米，最後變成飼料米，賣出去的價格只有八塊，那麼政府只要收越多公糧放在倉庫，就是虧越多。

高雄美濃的水稻農劉棋杰本來是種台東三十號交公糧，他說，一分地[21]的收入差不多是兩萬元，但是後來加入契作，改種高雄一四七號後，一分地的收入多了五千元。以他種了四甲地的稻田來說，收入提高很多。當初他聽到其他農友加入契作後，收益比較穩定，不用擔心稻米的價格，他決定也來試種看看。契作高雄一四七號的產量有

19. 消費者平時吃的米要從稻殼變成白米，大致分為兩個階段過程：一為礱穀（去稻殼），去除帶殼的稻穀成為糙米；二為精米，去除糙米的糠層成為白米。
20. 稻農傳統以「割」為單位，說明單位的產量。割，是指一分地稻穀的收成量，一百臺斤是一割，一千臺斤是十割。
21. 十分地為一甲。

只要能給農民好的契作價格，農民自然就會願意配合農會種植，願意嘗試用高雄 147 號這個品種，願意配合農藥檢驗。

多少，農會就會收購多少，不像公糧還要分三種價錢收。對農民來說，契作對收入當然比較有保障！

不過，契作高雄一四七號沒這麼容易。首先，農民的生產管理觀念就要經過革命性的翻轉！有些農民種米只是為了繳公糧，生產管理就沒有那麼嚴謹，俗稱只要「三通電話」，代耕業者就能種出米來：第一通電話請人翻土整地，第二通電話找代耕業者插秧，最後一通電話請他們來收割。總幹事鍾清輝說，因為繳交公糧只要追求產量夠高就好。但是，如果想要把高雄一四七號品質顧好的話，就需要農民配合嚴格的生產管理。所以，農民觀念也需要很大的改變，才有辦法種出好米。

米存摺幫助「地產地消」

「美濃鄉親的力量很大，他們對我們一四七的米太愛了，這個認同感超出很多人的想像！」

農民願意配合種植高雄一四七號後，美濃區農會也不斷為高雄一四七號這個品種打出通路。總幹事鍾清輝說，美濃區農會契作高雄一四七號後，緊接著推出了「米存摺」。由於擔心穀賤傷農，農會希望農民不要一口氣把手中的稻穀賣出去，因為只要市場上量一多，價錢就差。所以，米存摺的用意，就是讓農民可以選擇先把米「存進」農會，不限定存什麼品種的米，當農友需要的時候，都可以換成高雄一四七號的米領出來，自用或送禮都沒問題。同時，由於乾穀換成白米領出，農民不用再苦惱稻穀要去哪裡烘乾？烘好的米要存在哪裡？放太久，會不會出現米蟲等問題。

鍾清輝說，米存摺還有一個很重要的意義，就是農民除了自己種好米，自己也要吃好米。從農民自身出發，讓美濃農民對於「高雄一四七」的認同感越來越高。當農民把「高雄一四七」提領出來後，煮給兒女、孫子們吃時，都會覺得很驕傲。漸漸的，美濃在地鄉親對「高雄一四七」有了很深的連結，真正做到「地產地消」[22]，再從在地往外擴散到全台灣，打響「高雄一四七」的名號。因此，他很感謝美濃鄉親和在地農民的支持。

鍾清輝表示，農會不僅嚴格把關與管理生產的每個步驟，更是很努力推廣「高雄

22. 地產地消，指該地區所生產的農產品及其加工品，就在該地區消費。「地區」的範圍可依照產品性質來做廣義或狹義解釋，可為生產地區，或生產的鄉鎮、縣市，或擴大至以全國為範圍。

一四七」，做了這麼多努力，都是為了讓大家吃到安全好吃的米，也因此獲得美濃在地鄉親對農會的認同。

推陳出新的富里鄉農會特色品牌米

花蓮縣富里鄉農會總幹事張素華在接受訪問時驕傲的說：「富里農民沒有繳交公糧，我們的稻農幾乎都是參加稻米契作集團栽培專區，富里集團專區的價格一定比公糧高。」可以做到如此，在台灣的稻作文化中難上加難，富里鄉農會給出了答案。

花蓮縣富里鄉農會產地面積約兩千八百公頃，其中將近一千公頃由富里鄉農會作為營運主體，建立稻米產銷契作集團專區，二〇二三年的契作農戶約兩百五十五人。富里除了有富里鄉農會的集團產區，還有其他米廠建立的集團產區，農民陸續加入後，成為了張素華口中說的「富里農民沒有繳交公糧的情景」。

富里鄉農會的稻米集團專區契作品種主要有高雄一三九號、台農七七號和高雄一四五號，分為生產、品管、行銷、企劃和財務五個組別管理專區事務。張素華說，專區的運作，可以讓農民轉型的速度加快，也讓更多農民願意投入。首先，政府提供了專區許多協助，包含補助行銷費用、更新設備，以及相關的獎勵措施等。所以，參加契作的農民獲得的資源相對較多。此外，加入專區的農民不用單打獨鬥、自行摸索，也可以獲得更多生產管理的相關訊息。例如，農會開設病蟲害防治、栽培管理和施肥的課程，供農民進修；種植的時候遇到問題，農會也會請改良場的專業人員，來輔導農民解決問題。

打造富里米，不斷開創新品種

富里鄉農會不只推動集團專區來提升稻米品質和提高農民收益，更進一步主打有機農業。所以，富里鄉農會同時要轉換在地農民兩個觀念，一個是配合契作集團專區種植的品種，另一個則是有機的栽培。張素華說，轉換農民的觀念真的很難，她設法透過簡單好懂的解釋或比喻，讓農民知道觀念轉變的重要性。

一開始，農民都會問，總幹事為什麼叫我們種產量比較低的品種？於是，張素華親自參加產銷班班會，向農民一一說明。她請農友想像自己是一家公司，就是要種賣得出去的米，要種消費者喜歡吃的米；有人下訂單，生產的米才有人買，所以不是種自己開心的，要有「市場需求」的概念。

張素華提到，選擇生產的品種時，市場導向很重要！過去農民沒有「市場導向」和

「市場區隔」的概念，只知道哪個品種很多人種，就喜歡一窩蜂的跟著種，比較無法凸顯自己的特色。所以，張素華很努力要找出富里米的特色，首先，就是保留富里「固有的傳統」。富里有台灣第一代的粳米——高雄一三九號，當初這個品種在許多地方都種不起來，就只有花東能種的好，在富里更是歷史悠久，種出來的品質又好。富里老農民對於高雄一三九號的情感深厚，消費者也喜歡這個品種的口感。即使面對氣候變遷，這個老品種的抗病性和耐熱性越來越低，幸好經過高雄改良場不斷重新改良，才讓這個品種可以持續種植下去。

有人下訂單，生產的米才有人買，所以不是種自己開心的，要有「市場需求」的概念。

除了富里的傳統米，市場上還是需要新的產品，例如年輕人比較喜歡的口感，而且有市場區隔性的。張素華表示，富里鄉農會也鼓勵農民種植台灣的越光米——台農七七號，甚至引進了真正日本越光米的品種「牛奶皇后」。因應龍年，富里鄉農會更從日本引進「龍之瞳」的品種來生產。

富里鄉農會也看到國內越來越多西式餐廳對於燉飯米的需求，因此技轉種植台灣自己的燉飯米——花蓮二六號。這是國內首支燉飯米品種，由農業部花蓮區農業改良場歷經七年育成後，富里鄉農會技轉生產。花蓮二六號的米粒吸收高湯後不易軟爛，中

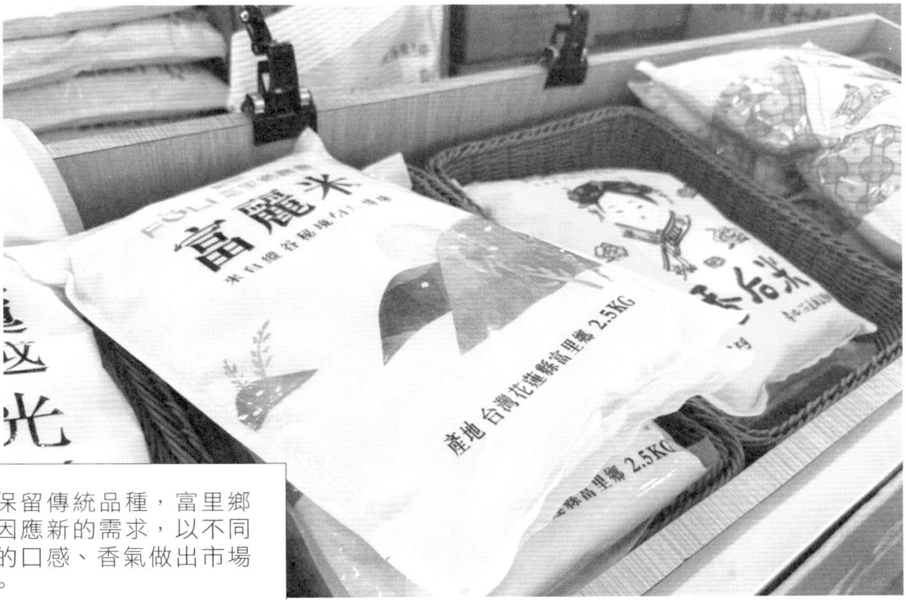

除了保留傳統品種，富里鄉農會因應新的需求，以不同品種的口感、香氣做出市場區隔。
（照片提供：花蓮縣富里鄉農會）

心彈牙而不會有像米心沒熟的硬度。

由於飲食習慣的轉變，現今許多消費者擔心吃太多澱粉會胖，於是富里鄉農會又技轉了澱粉量較低的——台中秈一九九號。張素華表示，台中秈一九九號對白葉枯病具有優良抗性、抗稻熱病及高產量等農民在乎的要素外，更是現在消費者很在意的高纖低澱粉，細細咀嚼還有淡淡的香氣。

為了做出市場區隔，加上考量市場需求，富里鄉農會陸續技轉生產許多特色品種。有這麼多不同的特色品種，就是希望針對不同客群來提供消費者想要的米，也想向社會大眾證明，台灣就能種出媲美日本的越光米，口感比西班牙、義大利更好的燉飯米。富里鄉農會也因為有稻米契作集團專區，可以不斷嘗試新品種。總幹事張素華說，我們用不同價格跟農民保價收購[23]，農民不用擔心種植新品種的米會賣不出去，他們就會更願意配合不同新品種，進行適合的生產管理。

打造有機村，不惜成本推轉型

「我們富里鄉農會是農民的後盾，在背後支撐著農民，讓農民勇敢往前衝。」

推廣有機的觀念更要靠農會走出去，不斷的跟農民宣導、說明有機的重要性。張素華提到，一開始講「有機」的時候，許多農民都會問：「總幹事到底在說什麼？」

為了讓富里有機生產的面積增加，富里鄉農會不惜賠本也要推廣。張素華說到，一開始推有機的時候，農會一年就賠了一千兩百萬元，連續虧損了三年。為了鼓勵農民有機耕種，就算尚未符合有機米的規格，農會也會以有機米的價格向農民收購，再用非有機米的規格、以較低價賣出，所以持續出現虧損的情況。不過，張素華決定咬緊牙關度過這個轉型期，終於讓符合規格的有機米種植面積從六十八公頃，擴大到一百六十公頃。

在轉型有機耕種的期間，張素華帶著農會的員工走入田間，規劃有機米專區、確保獨立水源、確認沒有鄰田污染的可能性等。富里鄉農會更是做到有機米逐批檢驗。農民在收割前，就會每一個田區取樣送驗，一件檢驗將近三千元，都由農會來支付費用，希望可以好好把關，不僅是對客戶負責，也讓農民有信心繼續有機種植。富里鄉農會也為有機農友辦理有機團體驗證，以降低農民自行驗證的生產成本。除了上述由農會提供農民轉型有機的誘因之外，張素華說，陸續還有政府提供綠色環境給付、有機栽培的獎勵等，都是為了讓農民有意願轉型，且持續朝有機的方向生產。

富里鄉農民潘美秀已經是家中務農的第三代。她說，父親那輩都還是用慣行農法[24]種稻，她從小也是看著這樣的農法長大的。一開始要從慣行轉到有機的耕種，確實很難，只要看到草長出來，就會很想拿農藥來噴灑。雖然很難，可是她只要一想到，不想給自己的小孩吃噴了太多農藥的米，加上總幹事一直鼓勵她試試看，而且跟農會契作有保價收購，不用擔心種了沒地方賣，所以她就努力嘗試轉型。

23. 保價收購是一種「價格支持」政策，政府以固定價格收購，民間的收購價若低於公糧價，農民可選擇交公糧，以制衡糧商的收價。

24. 慣行農法是指使用化學農藥、化學肥料作田間管理的農法。

張素華說，農民願意嘗試改變，富里鄉農會就有義務讓農民不要有後顧之憂。所以，她不斷出去找通路，打響富里米的名號。現在，消費者可以在便利商店買到高雄一三九號的富麗米飯盒，微波加熱後都還能維持米飯Q彈的口感，甚至也在洽談釀酒的可能性，就是希望為富里米找到更多出路！

翻轉農業的幕後故事

陳吉仲

台灣的稻米生產面積在二〇二〇年前，平均約維持在二十七萬公頃（一期加上二期），全年稻米生產量約一百四十萬公噸（糙米）。然而，全國的消費量僅約一百二十萬公噸（糙米），超產約二十萬公噸。過多的稻米生產，不僅造成產地價格難以提升，糧食儲存過多，保存與使用的困難增加，也讓產銷調節工具失去作用。

台灣加入世界貿易組織（WTO）之後，稻米有關稅配額政策，每年進口米約十四萬四千多公噸，還得再加上國內生產的米量。問題是，消費者對米的需求量沒有這麼高，於是供過於求。近幾年，雖然稻米政策有增加外銷，最多一度外銷達二十萬公噸，但是國內稻米量依舊過多，導致稻米價格不好，自然就無法增加農民的收入。

提高公糧保價收購價政策，不治標也未治本

許多政治人物都提出過，要提高公糧保價收購價格，來提高農民收入。問題出在，台灣可以種植的土地有限，公糧保價收購政策的調整與否，會影響稻米和雜糧的生產面積。只要稻米保價收購價格提高，農民勢必會想種植更多的水稻，就會排擠到雜糧的生產，這些情況從過往的歷史紀錄都可得知。

二〇〇七年到二〇〇八年正值總統大選，阿扁政府調高保價收購價格每公斤兩元，但稻穀產地價格並沒有回升，反而誘使稻農種更多水稻。二〇一一年到二〇一二年，馬英九總統要爭取連任，將保價收購價格提高三元，再加上烘乾補助兩元，某種程度一口氣調高了五元，造成水稻面積高達二十七萬公頃（一期加上二期），遠超過國內稻米需求的二十三到二十四萬公頃，導致供需不平衡，稻穀產地價格大跌。

我們的解方：四選三、大區輪作、水稻收入保險

為了解決稻米產業長期以來的問題，讓稻米供給量減少、稻米產地價格提高、農民收入增加，我們開始推動「四選三」和「大區輪作政策」，並加上「稻米收入保險」來保障稻農的收入。四選三和大區輪作讓稻米面積，由一年二十七萬多公頃降低至二十三至二十四萬公頃，二〇二三年的稻價更創下三十年來新高。在雲林以北，二〇二三年二期則開出每百台斤一千五百元以上的價格，比保價還高，在在證明只要再減少一些水稻面積，就可以有稻農、雜糧農民、消費者三贏的局面。

稻米生產面積只要減到二十三萬多公頃，就能達到供需平衡；只要市場上的稻米數量減少，價格自然就會增加，政府也能減少公糧收購，減少每年一百五十億元收購公糧的預算支出。同時，進一步讓農會、合作社減少稻穀倉儲，反而有機會提升精米設備，提升品質。

除了上述調整農糧產業結構的政策，我們還推行了前面章節提到的水稻收入保險，目標就是讓農民的收益獲得保障，並且引導農民種植品質更好的米。

當外界提出公糧的保價收購價格提高方法時，其實唯有透過水稻收入保險政策，才能真正確保農民收入增加。目前水稻收入保險有「基本型」和「加強型」，加強型是

產出減少五％才開始理賠，應將加強型的保險改為真正的收入保險，並設定品種來提高稻米品質，這才能真正對整體農糧產業和稻農有益。

增加稻農收入有很多方法，但農民最在意的是收入有沒有獲得保障！調漲公糧收購價格，不僅沒辦法確保稻米生產品質和品種，還會引起稻米生產面積繼續增加的風險，而且只限於繳交公糧的農民能受惠。但是，收入保險的保障收入提高，當災害發生或市場價格不好的時候，確保農民收入則可以在引導更多農民種好米、導入經營風險管理觀念的同時，增加農民收入。

增加台灣雜糧自給率

除了上面提到的稻米供給量過多的情況以外，另一方面，台灣雜糧的糧食自給率則是長期以來偏低，減少的水稻面積可以大幅度轉種植雜糧。所以，除了上述水稻政策，我們也推動「大糧倉計畫」，輔導休耕農地和水稻田轉作雜糧，希望增加雜糧生產面積。

為了配合雜糧種植，我們成立雜糧機耕隊，擴大農機具補助。透過機耕隊的投入，加強機械化以及自動化，解決人力不足的問題，更鼓勵青農加入機耕隊，共同為提高

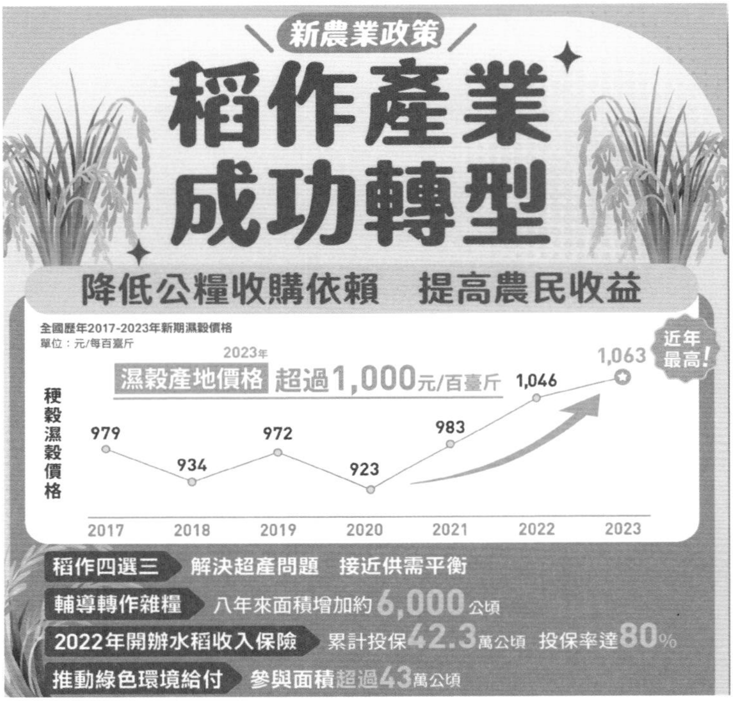
新農業政策
稻作產業
成功轉型
降低公糧收購依賴　提高農民收益
全國歷年2017-2023年新期濕穀價格
單位：元/每百臺斤
2023年
濕穀產地價格 超過1,000元/百臺斤
近年最高！
稉穀濕穀價格
979
934
972
923
983
1,046
1,063
2017
2018
2019
2020
2021
2022
2023
稻作四選三　解決超產問題　接近供需平衡
輔導轉作雜糧　八年來面積增加約6,000公頃
2022年開辦水稻收入保險　累計投保42.3萬公頃　投保率達80%
推動綠色環境給付　參與面積超過43萬公頃
（資料來源：農業部；圖表提供：陳吉仲）

生產品質努力。

COVID-19 疫情和俄烏戰爭，造成雜糧價格大漲，國內雜糧生產勢必要在這時候增加產量，因此我們訂出大豆、高粱、飼料玉米的目標面積。目前飼料玉米和青割玉米[25]已超過四萬多公頃；大豆生產面積已超過五千六百公頃，高粱的面積也增加到三千六百公頃，提供金門酒廠更好的原料。

25. 青割玉米是供乳牛養殖用的芻料。

台灣本島高粱酒，開創農會新經濟事業

二〇二二年，金酒公司推出第一支由台灣本島種植、產銷履歷保障的高粱酒「一穀作契」。這支高粱酒的問世，引起高粱藏家的矚目，因為它的口感不同於既有的金門高粱，有其獨特之處，酒體清亮、口感清香。這支「原產台灣、金釀高粱」的誕生，背後有著獨特的生產合作模式。

金酒公司過去就曾想過用台灣本島種植的高粱釀酒，但是未能成功實現，原因在於從高粱品種、生產管理、品質控管，最後到高粱收購價格，每個環節都需要加以協調和溝通。二〇二一年，農業部和金門縣政府出面，成功促成三方合作模式。由政府單位出面協調，二〇二二年起，由農會和金酒公司簽訂契作合約，生產符合金酒公司規格的高粱，第一年收購價格為每公斤二十一元，農業部則提供所需資源，包含品種、生產管理、相關設備補助等。

從「一穀作契」的名字就可以看出，這個合作模式採取的是糧食契作，由農會作為契作的營運主體，輔導農民轉作高粱，協助生產管理，以達到金酒公司所需的釀酒高粱規格。參與契作的農會開創出新的經濟事業，高粱契作面積從二〇二二年的八百五十三公頃，一口氣成長到二〇二三年的一千八百六十八公頃，加入成為營運主

「一穀作契」是由台灣本島契作的高粱釀造而成的第一支高粱酒。
（照片提供：台南市後壁區農會）

體的農會包含台南市學甲區農會、鹽水區農會、後壁區農會、嘉義縣義竹鄉農會、桃園市新屋區農會等。

鹽水區農會打團體戰，全方位助農民種高粱

台南市鹽水區農會考量當地種植環境後，即加入高粱契作，成為高粱集團產區營運主體。台南市鹽水區農會總幹事邱子軒說到，這個地區之所以叫做「鹽水」，有其特別的原因，主要就是土壤鹽分含量較高。農會旁邊的月津港，以前會有海水灌進來，

土壤性質特殊，就連農民自己鑽井取水的水，鹽分含量都相當多。所以，鹽水地區所種植的農作物，需要經過特別挑選。例如，鹽水種的番茄是鹽地蕃茄，硬質玉米在此地的適應力也很強，因此從早期開始，鹽水農民種植雜糧的比例就比較高。

鹽水以前也有種過飼料高粱，但是跟現在釀酒高粱品種不同，對於生產管理的要求沒有這麼高。現在，跟金酒公司契作的高粱則有開出規格書，包含色澤、外觀、水分、容重和破碎率等，都有相關規定的標準。所以，農會需要不斷跟農民解釋，過程要如何進行生產管理。

除了農民之外，邱子軒和農會員工同時不斷的摸索，如何輔導農民種植、如何管理生產品質、安全用藥等。到現在，邱子軒已經可以細數各種蟲害的用藥時間點，例如種植初期的秋行軍蟲、快抽穗的時候的蚜蟲危害等。

為什麼鹽水區農會對於契作高粱有興趣？邱子軒說，主要還是希望能幫農民增加收入，因為鹽水農民原本種植硬質玉米，每一分地大概生產六百公斤，但是保價收購只有每公斤九元而已，價格偏低。高粱收購價可以達到每公斤二十幾元的話，就可以增加農民收入，農民聽了也有興趣試試看。於是，鹽水區農會很積極爭取契作高粱。

一開始，很多農民會擔心種不起來，因為就以前種植飼料高粱的經驗來看，高粱很

機械化的耕種將種植面積擴大，提高生產效能，為契作的農民帶來實質收益。
（照片提供：陳吉仲臉書）

容易被鳥類吃光，鳥害很嚴重。所以，起初很多農民仍然保持觀望態度。邱子軒提到，台灣本島已經約有二十年沒有大面積種植高粱，因此農會花了非常多時間針對內部機制進行討論，以及訂立與農民間的收購合約，譬如適當種植期的拿捏、種植方式的推廣、農機械播種以及採收盤點、農民種植意願調查機制、全面高粱產銷履歷收購規劃、肥培管理及病蟲害防治規範訂定、土壤檢測規劃及執行、機耕隊籌劃及人力規劃等，方方面面都深怕想的不夠周全。

邱子軒表示，幸好有農業部、農糧署、種苗繁殖場、台南改良場及台南市政府等不同單位的幫助，大家一起討論克服。當然，最重要的是如何找到合適且願意配合的農民一起契作，畢竟金酒公司對於品質及品規的要求極為嚴格。所以，農會端花了很多時間跟農民溝通了解，確認大家有心要種植高粱，並且能配合農會端相關作法，願意一起努力創造雙贏。

首先，經過改良的高粱品種能讓產量更穩定。邱子軒說，由台南改良場新育成高粱品種「台南八號」，本身有抗倒伏、產量穩定及耐旱特性，加上現在的品種單寧比較高，鳥類比較不喜歡吃，鳥害比預期來的少，這讓農友更有信心種植。

其次，為了協助農友生產，鹽水區農會在二〇二二年七月成立高粱機耕隊，希望透過機耕隊的成立，讓有心種植的農友能在生產面更加精進。除了豐富機耕隊成員在農機械使用上的專業知識以及安全操作課程外，更希望以團隊力量，提高生產效能。

在收成作物品質的把關上，鹽水區農會同樣相當的堅持。從一開始契作品種的選定，就嚴格把關來源控管，以符合高粱台灣良好農業規範（TGAP），確保高粱的安全性以及種植生產過程的用藥安全。

當農民最可靠的盟友，靠品質提升收益

農民越來越有信心之後，高粱契作面積慢慢的從第一年的八十公頃，到第二年已擴增至一百二十公頃。到了第三年，契作面積成長到兩百六十公頃左右。除了農會不斷的跟農民說明之外，邱子軒感動的說：「最重要的是農民相信農會。他們跟我說，我們願意挺農會來種看看。」這讓邱子軒聽了很感動，因為農會經過評估，認為種植釀酒高粱具有未來性，再加上現在是農會、金酒公司和農業部三方合作模式，也讓她更有信心。

契作讓農友比較沒有後顧之憂，只要把品質顧好，不用擔心種好後要賣去哪裡，因為農會在收購之後、賣給金酒，農友安心許多。

除了看到高粱的未來性，邱子軒表示她最在意的，就是如何幫農民提高收入。鹽水的水資源不多，土地鹽分又高，適合種植的作物選擇並不多，單單依靠種植硬質玉米，農民的收入其實很有限。所以，跟金酒契作高粱的價格可以來到每公斤二十一元，二〇二四年又提高到每公斤二十五元，後續價格也可能不斷提高，如此一來，農民的收益才有望增加。透過三方的合作模式，農民不用擔心後續銷售，只要符合規格，金酒公司就會收購。所以，在整個過程中，她最在意的就是生產管理。唯有將品質控管做好，才不會讓農民受到損失。

鹽水農民陳清波種植高粱五十八公頃。他提到，這次鹽水區農會契作高粱，讓農友都覺得大家是一個團隊，打的是團體戰，不用靠自己悶著頭去摸索、去想要怎麼種，農會直接建立一個LINE群組，不斷提醒大家種植的時候要注意哪些病蟲害，還有植物診療師會來巡田，看看農民有什麼問題，有問題的人都可以直接詢問。契作讓農友比較沒有後顧之憂，只要把品質顧好，不用擔心種好後要賣去哪裡，因為農會在收購之後、賣給金酒，農友安心許多。

「最主要是收入真的有增加！」陳清波說，高粱採收後的收入，讓他真正有感這是對農民好的方向，因為種高粱比種硬質玉米的利潤好很多。他本來一期種的是青割玉米，但是青割玉米產量起起伏伏，價格也沒有高粱好，後來加入高粱契作後，花心思用心照顧，收益確實更好了！

「跟著我們走的農友，農會要幫他們保高粱收入保險，分散風險。」邱子軒表示，二〇二二年開辦的高粱收入保險，更是幫助農民分散種植風險，讓他們的損失能盡速得到補償，填補營農損失。所以，除了中央政府和地方政府補助以外的費用，剩餘的保費就由農會來幫農民繳，就是為了確保農民的收入，讓農民安心。只要好好種植，即使不幸遇到天災，農民至少可以請領理賠，降低損失。

邱子軒也提到，濃郁醇厚的「一穀作契」一推出，即受到消費市場的喜愛，也讓鹽水農民感到榮幸與驕傲。此外，鹽水種植高粱帶來的效益，不只高粱酒本身，隨著金門酒廠「一穀作契」高粱酒面市，鹽水區農會也於二〇二四年推出延伸商品「默契X高粱麻辣鴨血豆腐」。「默契」兩字是獻給默默耕種的契作農民，因為他們的用心耕種，才能成功產出優質高粱酒；產品採用「一穀作契」高粱酒以及在地優質食材製成的美味鴨血豆腐，一推出即廣受消費者好評。高粱契作益趨成熟穩定，農民更具信心能種植出好的本土高粱。最重要的是，農民收入能有所提升。

成立雜糧生產隊，義竹鄉農會員工親自管理

二十幾年前，嘉義縣義竹鄉也曾經種過飼料高粱，但是因為一期作常常遇到梅雨、颱風，導致收成不好或出現穗上發芽，所以農民寧願選擇休耕，也不願意種植高粱。

這次面對釀酒高粱契作，義竹鄉農會改採特殊的模式，經由農會媒合農地，然後交給雜糧生產隊耕種。農會透過營管中心，先把零散的農地集中分區、再分配區域，交由農會員工親自負責管理。農民擔任師傅，農會員工成為徒弟，以師徒搭配的模式，共同經營負責的地區。農會員工不單負責巡視田區，更可以直接向師傅學習高粱耕種

方式。在二〇二四年分為十組，農會盡量把種植高粱的田地集中成一區，代耕業者在同一區播種、施肥、用藥以及採收，讓種植的成本較低、效率最高。

義竹鄉農會總幹事翁乃馨提到，農會不斷面向農民開說明會，尋找有意願把土地承租給農會的農民，第一年有意願種植的農民並不多，許多農會員工甚至把自家的土地拿出來種，讓農會有機會示範給農民看。義竹高粱生產面積一路從二〇二二年的三十公頃左右，成長到二〇二三年的四百四十公頃，二〇二四年更來到約六百五十公頃，農民越來越踴躍參與。

農會必須找出創新的模式，親自帶頭做看看，因為只有農會自己發現了問題，才能知道怎麼幫忙農民解決問題。

翁乃馨說，如果想要農地活化，農會勢必要找出新的方法，不然高粱產業在義竹就會一直沒落下去。再加上以前義竹農民有種過飼料高粱，但是結果不盡理想，所以這次要契作釀酒高粱，農會必須找出創新的模式，親自帶頭做看看，因為只有農會自己發現了問題，才能知道怎麼幫忙農民解決問題。

從種植到收成期間，農會不斷跟農糧署和改良場合作討論，幾乎每一週改良場都會有人員來提供技術的協助，還有植物診療師提供用藥的協助，加上農業部負責從中協調，取得農會跟金酒公司雙方的共識，透過三方合作的模式，讓農民成為實質的受益者。

在克服氣候因素、鳥害、技術問題之後，終於收穫結實累累的台灣本島高粱。
（照片提供：台南市後壁區農會）

學甲區農會一貫化作業，全程品管

台南市學甲區農會從二〇二一年開始試種高粱，從一開始的約四百公頃，第二年翻倍到八百公頃，第三年則高達一千一百公頃，現在已經是全台灣高粱契作面積最大的區域。學甲區農會總幹事李曉軍表示，農會很早就積極爭取跟金酒公司契作高粱。金酒公司最初的收購價格為每公斤二十一元，相較於飼料玉米每公斤只有九元，農民就有很高的意願想種種看，因為可以增加收益。

雖然收購價格誘人，但是種植高粱得面臨極端氣候所帶來的種種挑戰。李曉軍說，農民種植高粱最棘手的問題，就是極端氣候的變化難以預測。比方說，大專業農[26]在每年的三月份就要開始田間管理，準備開始種植，否則到四、五月時碰到梅雨季，就會造成高粱的穗上發芽，導致收成不好。結果在第一年和第二年種的時候，由於沒有雨水、加上種子品質不好，發芽率只有四成左右，整體收成結果不佳。

農會因此毅然決然從種子開始生產：農會自己採種，員工則親自走進田間搭網子、防鳥害，做好田間管理。由於鳥害的緣故，種子全靠人工採收，最後成功的讓種子發芽率達到九三%。李曉軍說，自己育種不但能確保種子品質，種子的量也才夠農民使用。

學甲區農會採取一貫化作業模式，從採種、播種、採收、乾燥到冷藏，農會都能處理。農會不僅備有播種機、採收機以及採收後乾燥的機器設備，甚至還有冷鏈設備。在農業部的協助下，農會陸續把設備建置完成。李曉軍說，在吉仲部長任內，農業部

26. 大專業農，指承租農地的專業農民、農業產銷班、農業合作社、農會及農業企業機構。

補助學甲區農會建置冷鏈系統，主要是因為之前儲放高粱時，由於氣候高溫多溼，造成高粱長蟲，金門酒廠驗貨的時候，檢驗不通過，農民白費心血。因此，冷藏儲放設備真的十分關鍵。

李曉軍提到，除了配合政府政策，學甲區農會知道種植高粱對農民確實有好處，再加上高粱收入保險搭配，讓農民可以安心種，不用擔心因為天災或氣候會有損失。此外，從種子發芽率就不用農民擔心，因為由農會親自育種、採種，可確保發芽率，採收後的銷售端也不用擔心，透過契作模式，金酒公司已確保收購價格。

大專業農呂登和說，這次農會、農業部和金酒三方的合作模式，農友可以安心種植，確保作物生產以後有銷售管道，收購價格同樣有保證，契作讓農友不用煩惱後續的銷售問題，這個政策方向是對的。學甲區農會很認真在推動，農民、農會、農業部和金酒公司四方都得利，農友多一期種高粱就可以真的賺到錢。

釀酒高粱的品種適合清明前後十天種植，如果收成的時候遇到颱風，損失就會很大，所以時間的掌握很重要。學甲高粱在這次的契作模式中，除了將面積做到全國最大，也因為金酒高粱特殊的風味，讓學甲高粱找到出路，更打出響亮的名號。

翻轉農業的幕後故事

過去這幾年，農會幫了很多忙，例如水稻收入保險要能確實執行，農會扮演著重要的角色。過去，如果遇到天災農損，農民靠的是天然災害現金救助，損失達二〇％的話，農民可以領每公頃一萬八千元的補助。對農民來說，這樣的保障很有限，例如水稻如果插秧的時候遇到颱風，淹水後會損失多少，很難判斷。但是，基本型水稻收入保險則是等採收完後，以一個縣市過去的資料計算為基準，該地平均產量有沒有減少二〇％來判斷，有的話就可以直接領每公頃一萬八千元的理賠。

陳吉仲

在農糧產業結構中，農會適時調整扮演的角色

在很多農會經濟事業中，稻米自營糧[27]比例較低，糧商[28]市場占有率比較高。於是，有些農會便針對自己鄉鎮區的稻農契作，處理集貨、烘乾和碾製，例如高雄美濃、花蓮富里、台東關山、池上和雲林西螺農會等，都走向契作集團產區的模式，直接跟

27. 農民繳交公糧之後，剩下的就是「自營糧」，可由農民自由運用留存或買賣。

28. 糧商，指依「糧食管理法」辦理糧商登記的營利事業、農會或合作社。

農民契作，農業部則負責協助烘乾精米設備。

第二，農會還可以打品牌、擴大銷售。也就是說，未來如果能有更多其他農會扮演自營糧的角色，可望讓整體稻米價格更好。

農會的第三個角色，在於提高雜糧自給率。很多種植水稻的農民不一定會種植雜糧，例如之前COVID-19疫情期間，就會很擔心糧食安全的問題。當時蔡英文總統和行政院長蘇貞昌，要求國內玉米庫存量要能維持六個月，便執行了相關政策，鼓勵農民種植硬質玉米作為飼料的原料使用，放寬綠色環境給付限制，不限定在基期年土地，只要種植硬質玉米，每公頃就可以領六萬元給付，因此將玉米種植面積擴大許多。

當時希望玉米生產面積可以達到五萬公頃，同時要把雜糧和稻米四選三政策合併。如果沒有農會幫忙，四選三的政策會很難執行，因為四選三的意思是水稻農可以在四期收穫中，有三期繳交公糧，第四期不能繳。農糧署和農會辦了一、兩百場說明會，請大家支持四選三政策，因為只要水稻總生產量減少的話，農民兩年的收入就會比過去提高二到三萬元。而這些政策也都是透過農會的宣導，才能讓農民知道政策意涵。

第四期不種水稻的農民可以改種什麼？這就尤其需要農會來協助輔導農民轉作。政策目標是減少水稻面積改種雜糧，農民可以透過農會，將田地交給大專業農來種植雜糧，農民還能每公頃領到最高六萬元的補助，視種植的作物而定，例如硬質玉米就可以領到每公頃六萬元。所以說，農會對四選三的政策有非常正面的幫助。

農會全力配合，成功推動高粱轉作

除了硬質玉米，高粱也是另一個轉作成功的案例。釀酒高粱在台灣本島種植幾乎是從無到有，特別要感謝農會很配合農業部政策，引導農民轉作釀酒高粱，提供生產管理所需要的輔導和機械化設備，因為要提高農民種植高粱的意願，就不能讓高粱比水稻還難生產。因此，在機械化協助高粱種植的方面，農會扮演很重要的角色。農會購置自動化、機械化設備，協助農民大面積耕作，才讓農民願意在自家的土地上，轉作高粱。

第二個會成功的原因，是因為農業部和金門縣政府擔任媒合角色，成功讓農會與金門酒廠實業股份有限公司簽訂合作模式。由於農會擔任集團產區契作主體，與金酒公司合作，在台灣本島契作釀酒用高粱，成功建立釀酒高粱的生產供應鏈，農民種植的高粱收穫後，不用擔心通路銷售問題，直接交給金酒公司。農會願意跳出來帶動當地的上中下游產業，成功讓種植面積持續擴大，有的農會甚至連種子都自己選育，就是為了種出品質好的高粱。

農業部在這裡的角色是一個平台，除了協助媒合，同時投入相關資源，補助種植高粱所需的自動化、機械化設備，接著更要建構讓農民能安心生產的環境，因此推出高粱收入保險，以保障農民的收益。

回想起促成金酒公司和台灣本島農會契作高粱的過程，那時候因為剛好發生COVID-19疫情，金酒公司原本從中國進口的高粱原料開始出現短缺，因此思考到台灣本島種植的可能性，加上農業部願意協助生產所需的資源，農會也願意擔任契作主體，輔導農民種植和管控生產品質。所以，高粱生產面積在台灣本島才能不斷擴大，金酒公司也將高粱收購價格逐漸提高。

這是一個多贏的結果！就金酒公司來說，可以獲得穩定的原料；就農會來說，可以擴展經濟事業；就農民來說，種植高粱可以有更好的收入；就農業部來說，可以藉此調整農糧產業結構，減少稻米生產面積，增加雜糧耕作面積；就台灣來說，可以維持雜糧的糧食自給率。

為了提升雜糧的自給率，除了上述提到的玉米和高粱，還有許多農會投入輔導農民轉作大豆、地瓜等，大豆生產面積已經來到五千六百公頃，希望可以持續擴大到一

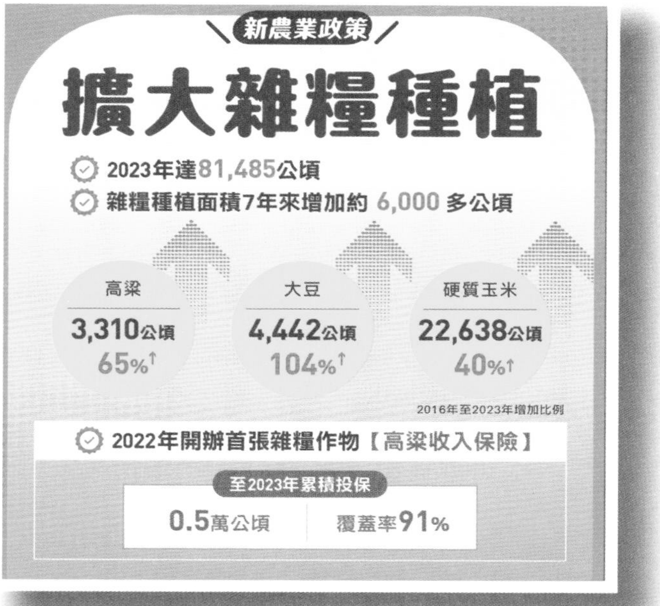

（資料來源：農業部；圖表提供：陳吉仲）

萬公頃。過去，九九％的大豆都是國外進口，現在國產大豆的自給率已經提高到五％，期待未來還能持續提高。

國際疫情之後，再加上俄烏戰爭，可說是推動雜糧生產最好的時刻。很多雜糧必須要經過加工，消費者才可以吃。消費者可以自己買地瓜回來煮，但大豆、高粱等，就需要作成加工品才方便食用。

第三部

永續農業，照顧最在乎的人

——爲守護農村的前輩們服務，將愛這片土地的心，傳承下去

Chapter

07

農會超市大翻身，穀倉活出新風貌

台灣的未來在永續，
永續的未來在農業，
農業的未來在農民。

（照片提供：簡惠茹）

講起農會超市，許多人可能會想到的是手抱著白蘿蔔的吉祥物番茄寶寶，還有一雙大眼睛和燦爛的微笑。雖然許多番茄寶寶因為年代久遠，臉上的漆斑駁脫落，甚至已經被擺放到牆角，但農會超市的番茄寶寶，可說是見證了農會超市的崛起和轉變。

一九八四年，農業部輔導雲林縣虎尾鎮農會成立全國第一家農會超市，接著陸續在全國各地設立農會超市，許多消費者到農會超市購買一般家庭用品，例如衛生紙、洗碗精，跟現在的連鎖超市經營模式非常相近。可惜的是，農會超市議價能力較低且經營規模受限，不敵後來如雨後春筍般、接連擴展版圖的連鎖超市和便利超商，隨著時間慢慢凋零，有些農會只好將超市關閉，減少虧損。

但是，二十年後的今天，許多農會超市已經搖身一變，成為各地知名景點和遊客選購伴手禮的最佳地點。

聚焦在地特色，農會創新契機

農會超市的競爭力，在於結合農民直銷站，陳列當地農民的農特產，擴大加工量能研發當地農特產的加工品，將農產品打造成精品伴手禮，走出與連鎖超商和超市不一樣的路，透過農特產找到「當地限定」的特殊經營模式。

不只農會超市大翻身，許多農會更善用閒置空間，例如改建穀倉，打造農特產展售中心，或是成立農產文創園區，結合食農教育、綠色照顧與當地農產特色，開發新型態的農遊體驗遊程，不僅提高農產品的知名度，也找出當地獨有的農業焦點，更讓遊客學習到深度、在地的食農教育內容，讓六級化農業得以實現。

農會新型態的經濟事業就此展開，許多農會總幹事的共同出發點，都是希望提高農民的收益，因此讓想像力無限延伸，挑戰突破性的創新模式。

延續藝術創作生命週期——台南市鹽水區農會

「我們希望農會超市不只是一間超市，更能帶動整體鹽水觀光。」

在月津港邊的鹽水小鎮上，有一間嶄新風貌的農會超市。走近超市，映入眼簾的

以著名在地美食做主體，不同搭配組合的伴手禮，將地方意象帶回家。
（照片提供：簡惠茹）

是月津燈節的藝術家設計的作品。原本在月津港河面上展示的藝術品，於燈節結束後，就會轉移至鹽水農會超市前，讓藝術品的生命繼續延續下去，就像鹽水區農會總幹事邱子軒對鹽水農會超市的期許，要讓這裡成為鹽水的新亮點。

邱子軒展現了強大的企圖心。她提到，希望大家來到鹽水，就會想到鹽水區農會超市，在這邊了解鹽水，認識鹽水的農特產品，然後買好吃的伴手禮，再心滿意足的踏上歸途。從傳統知名的鹽水意麵，到鹽水高粱鴨血豆腐禮盒、鹽水鹽地帥哥番茄乾、鴨蛋捲……邱子軒努力找出可以開發、加工的鹽水農特產品，讓遊客、甚至在地居民知道，鹽水不只有意麵，還有許多等待大家來品嘗的在地美食。

農會超市內也設立農民直銷站，讓鹽水農民

可以直接上架自己的農特產品，並且放上產品的介紹，讓民眾直接認識手中的產品，來自哪位農民細心的呵護。此外，超市內更開闢了另外一大塊區域，展示來自其他農會的農特產品。邱子軒說，希望在這個場域，盡可能讓農民曝光自家的農特產品，展現鹽水意象給大家看。

用柚香迎來觀光人潮——台南市麻豆區農會

「要關閉農會超市，還是要澈底大改造？」

台南市麻豆區農會總幹事孫慈敏看著農會超市因敵不過大型連鎖超市、超商，收益逐日減少，她很清楚知道，農會超市若無法做出市場區隔，就只能關掉以減少損失。孫慈敏說，當時還好有農業部的經費支持，加上農會配合款，才能讓快要倒閉的農會超市搖身一變，成為現在遊客最喜歡的打卡點。大家都說，來麻豆農會超市買伴手禮最對味！

一走進麻豆農會超市的大門，可愛的吉祥物「UR柚兒」公仔，就站在門口歡迎客人，許多遊客更是搶著跟柚兒合照打卡。麻豆區農會超市成為農會的門面，不只是

「當地限定」的各種商品，讓農會超市完美做出市場區隔，在消費者心中留下深刻印象。

（照片提供：台南市麻豆區農會）

質感提升，也與一般超市做出區隔，走出自己的路。

孫慈敏提到，麻豆區農會超市將在地農民生產的產品當作主體，設有小農、青農、有機安全、大台南特產區，以及食農教育專區，中島則是柚花咖啡吧，讓消費者走進農會超市，就像走進咖啡廳，可以在這邊慢慢的逛，一覽在地豐富多元的農特產品。

從柚花到柚子本身，麻豆區農會開發超過三十項文旦加工品，例如柚花製作成的柚花咖啡，是結合了東山小農契作的咖啡豆，讓咖啡帶有淡雅的柚花香氣。農會更將柚花提煉出的柚花精油，進一步製作成洗髮精、身體乳等產品，讓文旦從花到果實都能多元利用。其他還有如文旦柚子茶、梅柚兒片等加工品，也都相當受到民眾喜愛。孫慈敏說，希望遊客來到麻豆，都能感受到麻豆「柚香、柚好吃、柚漂亮！」

客家風情與未來概念完美結合──高雄市美濃區農會

「台灣的未來在永續，永續的未來在農業，農業的未來在農民。」

高雄市美濃區農會超市有個科技感的名字：未來超市。總幹事鍾清輝說，主要希望讓大家看到農業的未來，讓農民有勇氣繼續投入這個產業。美濃區農會的未來超市特地選用國產材柳杉裝飾超市內部，天花板上的柳杉條宛如波浪，設計概念來自於客家編織的巧思，也凸顯美濃身為客家鄉鎮的在地特色。

蘋果光打在木頭展售架上，讓消費者聚焦於架上的美濃在地農特產品；生鮮蔬果區附有著農民的簡介和照片，讓消費者與生產者零距離；各種加工品更展現美濃農會的企圖心，米漢堡、紅豆水、米餅乾等，每一樣都是用美濃在地生產的農作物製作而成。美濃生產的紅豆做成濾袋式的包裝，民眾買回家之後，只要用熱水沖泡就能喝得到香氣濃郁的紅豆水；還有結合其他農會的特產，如用三星蔥搭配高雄一四七號米所製成脆口香酥的米餅乾，讓人忍不住一口接一口。

緊連著未來超市的則是未來廚房，這裡就像是田園間的咖啡廳，坐在未來廚房享用米鬆餅，不管是搭配咖啡，還是紅龍果香蕉牛奶，或是來杯黑豆茶或米香茶，「美濃限定」的香味，著實令人回味無窮。

從空間設計到商品生產者簡介，讓走進超市的每一個人，感受客家鄉鎮的親切與貼心。
（照片提供：簡惠茹）

精品等級的農產博物館——台中市霧峰區農會

在台中市霧峰區農會大樓裡，有一處相當值得民眾前往仔細探究一番的「台灣農漁業物產館」。一踏進精心規劃的物產館裡，民眾就可以看到來自霧峰酒莊引以為傲的純米吟釀、燒酎，還有荔枝蜂蜜酒、檸檬蜂蜜酒等特色產品。再往裡面走，還能見到精選自其他農會的農特產品陳列，這裡儼然就是一個農產博物館。

位於霧峰農會大樓四樓的台灣農漁業物產館，不僅館場開闊、明亮，展售架上陳列了來自全台各地農漁會的優質農漁產品，說是一個精品陳列空間也不為過。霧峰區農會總幹事黃景建表示，當初會有物產館的構想，主要是希望各地農漁會不必再單打獨鬥，一起打團體戰，共同找出台灣農漁特產的市場競爭力，將各地農漁產品完整集結、呈現，

台灣農漁業物產館提供各地農漁會精選產品，一個綻放光的舞台。
（照片提供：簡惠茹）

一同擴展銷售通路，也讓消費者能清楚看到台灣農漁產的特色。

台灣農漁業物產館的背後，還有黃景建更大的企圖心，也就是整合線上與線下，打造農產品的電商平台：農創電商。黃景建表示，第一步先結合有興趣的農會，創立台灣農產公司，由農創公司負責行銷以及擴大國內外通路，並且建立線上平台，讓全台灣各地農漁會的產品不再侷限於當地銷售，而是擴及全台灣，甚至不只在實體據點販售，消費者在電商平台上也能購買。

黃景建表示，希望打造一個台灣農產品的專屬品牌，讓消費者知道這個品牌即代表了最在地的農特產品、最創新的農產精品。回到最初心的想法，就是發展農業經濟、增加農民收益，讓農業可以永續經營。

老招牌、新風貌——花蓮市吉安鄉農會

近年來，花蓮縣吉安鄉農會被譽為「被農會耽誤的冰淇淋店」。吉安鄉農會的吉農冰品歷史悠久，許多遊客都是慕名而來，例如知名的「米淇淋」是將濃醇芋香的芋頭冰淇淋，夾在新鮮糙米製作而成的米香中間，可以一次吃到吉安米和吉安芋頭的雙重絕佳滋味。

二〇二一年前後，吉安鄉農會將冰品生產線全自動化，不僅提升衛生安全標準，也加大產能規模；量能增加後，除了使用吉安在地產的芋頭以外，吉安鄉農會更與其他農會合作，研發了使用花蓮瑞穗鄉的文旦和鮮乳、花蓮玉里鄉的花生和紅龍果、屏東內門鄉的鳳梨、屏東南州鄉的芒果等為原料的多種冰品。各農會的協同合作，不但讓農產加工品更多元，也擴展了銷售管道。

延續老字號的製冰技術，以各地農會的農特產，和意想不到的食材，碰撞出吸引顧客的新口味。
（照片提供：簡惠茹）

吉安鄉農會進而在在吉農冰品的基礎上，創立新品牌「山海正甜」，展現產品創新的企圖心，並賦予吉安鄉農會這塊老招牌全新的風貌。在「山海正甜」，最吸引消費者的就是皮蛋冰淇淋和香菜冰淇淋，這兩項創新冰品都是農會員工自行研發的口味，乍聽之下非常違和，但是當你吃下第一口，就會被食材與冰淇淋巧妙融合的滋味驚豔。

吉安鄉農會不停的挑戰創新，讓新世代味蕾與傳統老滋味碰撞更多的可能性。總幹事張德奇談到，做冰這件事的初衷，就是希望為農產品加值，讓農民收益更好、更穩定，所以農會願意不斷自我挑戰，讓農產品吃出新風味。

活化轉型老穀倉——台南市後壁區農會

台南市後壁區農會的農會超市在考量經營損益後，曾經一度關閉，但農會在盤點閒置倉庫之後，決定以「穀倉」這個歷史元素，將倉庫改建成「步穀農創館」，不但販售後壁在地的農特產品，同時研發許多加工品，更是綠色照顧站的場域。步穀農創館串連起無米樂社區、菁寮老街等知名景點，將後壁的農村旅遊與在地農特產品緊密結合。

總幹事林怡歆提到，改建穀倉時，特地保留了部分牆面，呈現新舊建築融合的風貌，

保留歷史痕跡的「步穀農創館」好逛又好買，限定也限量的特色高粱酒霜淇淋更是深受遊客喜愛。
（照片提供：簡惠茹）

目的就是希望大家看到後壁農業歷史的同時，也能在這邊體驗到後壁農業的創新特色。「步穀農創館」名字的由來，就是希望大家漫步在稻穀鄉間，體驗農村風情之餘，也能在這裡看到在地的活力與創意。

步穀農創館內除了展示藺草工藝，以及長輩們手編的藺草手創小物，還有在地青農生產的新鮮農產品和農產加工品。參觀民眾走累了，就能進到館內，坐下來吃霜淇淋。因應季節，館內會販售不同口味的水果霜淇淋，無論是洋香瓜、芒果還是鳳梨，民眾都能吃到最當季的霜淇淋，甚至還推出了廣受好評的高粱酒風味霜淇淋，

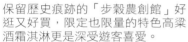

讓遊客大讚吃得到高粱酒香氣又不會醉。

林怡歆表示，步穀農創館不只讓遊客看到打卡新景點，也讓在地居民看到後壁區農會的努力和改變，更重要的是與在地農民、青農和小農的連結更加緊密。農會更期許這個場域可以成為農民的平台，努力為大家推廣辛苦生產的農產品。

體驗食農教育的嶄新場域——宜蘭縣冬山鄉農會

在前總幹事黃志耀的推動下，宜蘭縣冬山鄉農會的「良食農創園區」在二〇二一年誕生，園區由已有七十年多年歷史的穀倉改造而成，結合食農教育體驗和在地農特產品展售，以「買bar」、「吃bar」、「學bar」、「聊bar」、「玩bar」、「喝bar」以及「種bar」這七個元素為核心，完整呈現冬山鄉的農業六級產業化。

黃志耀說，命名為「良食」，是來自於冬山鄉農會對於農產品和加工品品質的堅持和把關，也代表日常飲食的重要性。在這裡，大家可以看到農業的另一種面貌，有許多豐富的知識蘊含在「好吃、好玩」裡面。

在「買bar」裡，陳列著冬山鄉的素馨紅茶、冬山良食米、黑白木耳飲等農特產品，還有季節限定的紅文旦柚。園區內設有影音播放螢幕，透過生動活潑的影片，遊客可以

結合食農教育體驗和在地農特產品展售，良食農創園區完整呈現冬山鄉農業六級產業化的豐碩成果。
（照片提供：簡惠茹）

迅速了解這些農特產品的特色以及不同產區的產品差異。

如果想親身體驗食農教育，在「學bar」可以嘗試米食或茶葉的DIY體驗，親自體驗碾米的過程，或是透過製作小茶植栽，都能讓民眾更了解冬山的農業。需要喘口氣的話，就走到前方的「聊ｂａｒ」，喝一口素馨紅茶，繼續規劃冬山小旅行的下一站。

異業結合拓展新商機——新竹縣新埔鎮農會

「農民是我們的老闆，幫農民增加收益是農會最主要的工作。」

很多人在規劃新埔之旅時，都會將新埔鎮農會穀倉咖啡廳列入必訪景點之一，因為新埔鎮農會不僅讓穀倉搖身一變，成為氣氛十足的文青咖啡廳，大面落地窗的設計，可將窗外的稻田景觀盡收眼底，讓傳統老舊穀倉展現再現新風貌，並且充分運用了在地特殊的景觀資源，幾乎每位走進咖啡廳的遊客，總會忍不住讚嘆：「哇，好美！」

新埔鎮農會總幹事曾庭熙坐在水稻搖曳的窗邊，驕傲的介紹著咖啡廳的餐點。他談到，這個場域在二〇一七年左右進行大翻修成為穀倉咖啡廳，所有餐點堅持使用在地食材，例如米穀粉製作的鬆餅、小農鮮榨果汁。咖啡廳提供的特色柿糬，將在地製作的柿餅結合客家麻糬，以花生或山藥做為內餡，一口咬下可以吃到柿餅的香甜，又有麻糬Ｑ軟的口感。

不只咖啡廳開創了嶄新的農會經濟事業，新埔鎮農會也嘗試異業結合，與連鎖超商

透過大面落地窗，欣賞稻田之美；坐在穀倉咖啡廳內，感受特色餐點帶來的滿足。
（照片提供：簡惠茹）

合作以擴大物流通路。曾庭熙說，為了開拓新的經濟模式，新埔農會與超商合作，藉此降低物流費，讓農產品銷售的物流網路更全面、更完善，取貨、送貨也更便利。

曾庭熙表示，新埔鎮農會運用穀倉閒置空間、打造產業交流中心、結合農民直銷站成立新農民市集、改造穀倉咖啡廳等各項設施，都是希望讓更多消費者看到農民辛苦生產的農產品。

稻田間的裝置藝術——花蓮縣富里鄉農會

在東部的一片稻田間，坐落著

花蓮縣富里鄉農會羅山農特產展售中心，率先映入眼簾的，則是田區矗立的稻草裝置藝術，遊客駐足觀賞之餘也不禁好奇，如何用稻草編出這樣的藝術作品。

總幹事張素華說，富里鄉有一群被種田耽誤的藝術家！為了讓富里鄉更具亮點，活化農村，在地農民跟農會合作，在農閒之餘學習編作稻草裝置藝術，農民把以前做稻草人的技術發揮的淋漓極致，居然能做出又高又壯的大金剛，遠遠的就吸引住遊客的目光，大家都想要停下來看一看、拍拍照。

看完稻草裝置藝術後，展售中心內陳列富里農民種植的「富麗米」，不論是聞名遐邇的富麗有機米、外銷日本的「醜美人」——高雄一三九號，還是富里農會契作的牛奶皇后米，豐富的品項可以滿足不同遊客的喜好。除了白米以外，還有許多米的加工品，如米餅、米棒、鬆餅粉等，都能吃到富里的在地米香。

張素華笑談到，大家都說她這個總幹事很會天馬行空的想像，但是這些點子果真也在大家的共同努力之下，一一實現，也確實讓富里更有看頭。遊客願意停下來之後，自然就會多看看農民朋友們種的米，還有各種米糧加工品，然後悠閒的在展售中心的「山點頭」咖啡廳，喝著富里的咖啡，吃一塊由富里米穀粉製作的美味米蛋糕，享受

利用稻作收割後晒乾的稻草與細竹片編織成各式藝術作品，富里鄉的稻草藝術節每年都吸引全國遊客前往參觀。
（照片提供：花蓮縣富里鄉農會）

美景與美食陪伴的放鬆時刻。

打造走出國門的新品牌——屏東縣佳冬鄉農會

「敢勇，你就紅！」屏東縣佳冬鄉農會推出了「透紅佳人」這個創新品牌，不僅打響佳冬蓮霧的名號，更進一步成立了「透紅佳人夢想樂園」。樂園內結合了蓮霧食農教育、特色蓮霧加工精品、蓮霧冷鏈加工場域等不同區域，只要走一圈夢想樂園，就能發掘佳冬蓮霧令人意想不到的一面。

總幹事林淑玲說，知識型導覽、手作體驗、伴手禮選購，都能在這個場域一次滿足，消費者也能了解從鮮果、運銷到加工品的全部過程，完整體驗六級農業。在魔法巨型冰箱，遊客可以看到冷鏈在農業中扮演的重要角色；在魔法夢工廠，民眾則可以看到蓮霧如何華麗變身成好吃的加工品，還能自己動手洗愛玉，搭配上佳冬的蓮霧果露，現場享受蓮霧愛玉凍的清甜好滋味。

林淑玲帶領著佳冬鄉農會，開創許多不一樣的路。為了提升蓮霧附加價值，農會開發出蓮霧果露、蓮霧果醬和蓮霧果乾，還有夏天最受消費者喜愛，忍不住想嘗一口的蓮霧雪糕。農會所推出的鮮果禮盒，皆是果農細心栽培、甜度十度以上、紅潤透亮的嚴選鮮果。為了讓「透紅佳人」的品牌更加亮眼，農會投注大量心血，全心全意提升蓮霧的產品價值，就是為了讓蓮霧成為最上得了檯面的高端精品水果。

佳冬蓮霧從默默無聞，到上架百貨公司以及國外的高級超市販售，林淑玲認為，這都是因為勇敢做，就會有成功的一天，佳冬鄉的農民也因此為佳冬蓮霧感到驕傲！

「透紅佳人夢想樂園」內比人還大的巨大蓮霧，是遊客拍照打卡的最愛景點，「透紅佳人」的各項產品，是屏東佳冬最拿得出手的驕傲成績。
（照片提供：簡惠茹）

線上結合線下營業模式，營業額破億元——新北市汐止區農會

新北市汐止區農會總幹事李俊伸說，農會有兩部引擎：信用部和供銷部。農會信用部經歷了金融海嘯和逾放比率過高的時代，經過重新整頓之後，不但將逾放比率降到二〇二三年的〇．〇三％，存款和放款都超過兩百億元，同時推動農會數位化轉型，推廣行動支付。

李俊伸說，汐止區農會二〇一九年營業額是三千六百萬元，三年內將農產品營業額成功做到破億元，關鍵就在於透過食農教育帶動消費行為。汐止區農會有一個很大的優勢，在整個汐止區總共有十一個據點，農會在各辦事處成立小型的農村社區小舖，點跟點之間連成面，擴大農特產品曝光度，也讓消費者可及性提高。

汐止區農會的農村社區小舖直賣農友自產新鮮的農特產品，並製作介紹牌讓民眾直接認識生產者和其農產特色，不只販售汐止包種茶、蜂蜜和綠竹筍，也與其他產地合作，展售當季蔬菜、米等農特產，串聯北中南產地農產品，讓消費地的民眾有多元選擇。

李俊伸表示，汐止區農會每個月都會設計主題性週末展售會，搭配主題性食農教育或是設計季節性農務體驗，深化連結飲食與農業教育，帶動全民綠色消費，從產地到

消費地，導入尊重土地、認同在地的理念，讓消費地的民眾願意以實際消費，來支持在地農產品。

不只金融數位化，另一部引擎也推動數位化轉型，供銷部開展數位化的銷售模式，讓實體社區小舖結合線上團購消費。李俊伸說，農會結合十一個據點，發展出LINE團購群組，消費者線上跟團後，就能就近在農會的各地辦事處取貨。透過數位化轉型，結合線上線下消費，汐止區農會讓消費地的民眾與產地農特產零距離，也創造農會經濟事業的新模式。

從產地到消費地，導入尊重土地、認同在地的理念，讓消費地的民眾願意以實際消費，來支持在地農產品。

翻轉農業的幕後故事

陳吉仲

農會的經濟事業可以有很多發揮的地方，所以農業部投注許多資源協助農會建立創新的經濟模式，而農會超市因為其農產特色，更可以加以凸顯與一般超商和超市不同之處。因此，無論是原本的農會超市翻修，或是穀倉閒置空間的改建，農業部都希望全力支持農會創新的變革。

值得一提的是，由於近幾年農業部陸續協助農會拓展自己的經濟事業，農會陸續翻新農會超市，凸顯當地農特產品的特色，在COVID-19疫情期間，更因應農遊券的發放，讓許多民眾發現原來農會超市好逛又好買，許多農會因應在地農產所發展特色產品聲名大噪，提高了農會超市的曝光率。

在疫情期間，為了讓民眾用行動支持台灣農業和農漁民，因此發放農遊券；為了讓農遊券發揮效益，所以限定民眾在特定農業相關場域使用，而農會超市就是其中一個。農遊券上路後，民眾搶購農會農特產品的景象令人難忘，農會業績大幅攀升，也終於讓消費者注意到，原來農會有在販售農特產品，而且品質相當好。

就在這樣的契機之下，農會超市逐漸走出自己的路，步上穩定經營的軌道。未來，更希望三百多家農會開展全面的農會物流體系，尤其都市型、鄉村型的農會超市在共同結合的型態之下，從集貨、包裝，搭配冷鏈物流，將產銷調節做得更好，也讓農產品流通更為全面。

在冷鏈加工基礎建設更完備的情況下，農會經濟事業將可以發揮的更好。農會是跟農漁民和產地最熟的第一線組織，也最獲得農漁民的信賴，未來農業部應該投入更多資源在農漁會，讓農漁會跟政府一起協助農漁產品產銷調節，讓農漁民真正受益。

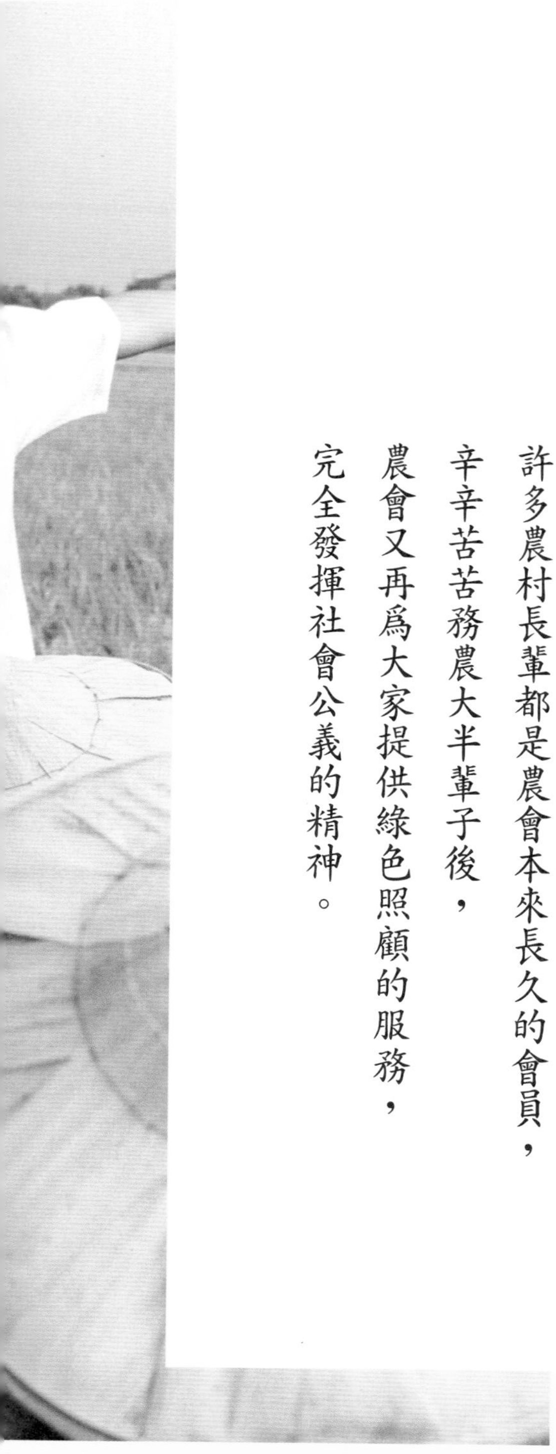

Chapter

08

意想不到的農會：綠色照顧與食農教育

許多農村長輩都是農會本來長久的會員，辛辛苦苦務農大半輩子後，農會又再爲大家提供綠色照顧的服務，完全發揮社會公義的精神。

（照片提供：雲林縣斗南鎮農會）

近年來，除了發展經濟事業和信用部以外，各地農會也貢獻一己之力回饋在地，例如配合政府政策推動綠色照顧和食農教育。農會運用既有的農業資源和人力資源，服務農村長者，同時為農業永續發展，致力推廣食農教育，農會本身也從中找到展開下一個百年農會的重要社會意義。

守護農村高齡者的綠色照顧站

台灣已於二〇一六年邁入高齡社會，其中農村人口平均年齡更來到六十三．五歲，加上農村青壯年外流，導致人口結構嚴重高齡化。許多農民一輩子務農，做到不能動為止，把一生奉獻給農業，餘生晚年也在農村度過。為了讓農民長者在農村得到最好的照顧，也有機會把一身農業技藝和智慧傳承給下一代，「綠色照顧」就此催生出來。

綠色照顧主要是由農業部協助農漁會和農村社區設立綠色照顧據點，結合長照和地方創生的概念，一方面運用農村既有的農業資源，營造長者活動的場域和內容，另一方面也透過農業資源和人力的導入，活化農村。例如，許多農會打造的綠色照顧站，結合青農開辦綠色照顧課程，也培力農村長者擔任講師，讓不同世代的農民在此交流、傳承。綠色照顧站也導入「綠飲食」，講究「吃在地、食當季」的食農教育概念。

從綠色照顧課程到飲食，許多農村藉由綠色照顧站重新找到獨有的在地特色，更進一步開展出食農教育體驗遊程和在地飲食獨特文化，藉此再創農村的可能性。

綠飲食、綠療癒、綠照顧——台南市後壁區農會

「我很喜歡來綠照班，天天快樂！」

後壁區農會的典雅白色外牆，在農村社區中非但不顯得突兀，反而為純樸的農村，額外增添一抹清新的風景。一樓教室內傳來熱鬧的談話聲和歡笑聲，空氣中撲鼻而來的，是一股讓人食指大動的香氣。

教室內，後壁綠色照顧站的長輩們，正在用後壁在地產的後農米製作飯糰。後農米米粒飽滿、晶瑩剔透，搭配的食材則是後壁在地小農種植的小黃瓜和毛豆。台上的營養師耐心的跟長輩們講解所有食材的營養成分，讓長輩們重新認識在地的農產品，更進一步建立營養學的基礎概念。

除了讓長輩們重新回到教室學習，後壁區農會也致力於培養班上學員成為講師。許多長者在農村工作了一輩子，身懷各種農村技藝，綠色照顧站提供機會讓他們擔任講師，與班上的學員分享寶貴經驗。

三十一年次的周寶鳳奶奶，八歲就學會用藺草手編茄芷袋，而這項傳統技藝現今已難得一見。寶鳳奶奶說，藺草的莖是三角形，所以編袋子前要先用石輪把藺草滾一滾，壓扁之後再編織，是一項很費力的工作。雖然編藺草很費工，但對在農村長大的寶鳳奶奶來說，是十分珍貴的成長經歷。

回想起小時候，寶鳳奶奶露出笑容說，她住在一個三合院裡，院子裡一共住了六戶人家。每天晚上吃飽飯後，大家就會在家門口鋪上蓆子，一邊聊天，一邊用藺草編茄芷袋。隔天，販仔就會來收購大家編好的成品，拿去市場販售，因為在以前的農村時代，茄芷袋是很受歡迎的實用物品。

來到綠色照顧站之後，寶鳳奶奶有機會再度發揮所長，臉上重新綻放出自信的笑容。現在，寶鳳奶奶不只教大家用藺草做傳統的茄芷袋，更編出各式各樣好看的杯墊。她跟綠照站的眾多學員不斷腦力激盪，想著要怎麼藉由藺草編織的漂亮成品，讓更多人知道編織藺草的技藝和故事。

蘭草編織活動不僅讓技藝得以流傳，更讓長輩重新找到成就感。
（照片提供：簡惠茹）

寶鳳奶奶說，很感謝總幹事和輔導員讓老人家可以到綠照班上課學習，還可以跟很多朋友聚在一起學新東西，做出好看的手工藝成品讓她們很有成就感，真的很幸福。

後壁區農會總幹事林怡歆說，農會的整體形象也透過綠色照護獲得提升，很感謝有這項政策的推行。綠照站的場域是由舊穀倉改建、整修而成，在整修時就有許多地方創生團體和餐廳提出想要租下使用。農會當然可以選擇把場地租出去賺錢，但是農會有自己的社會責任，就是要服務農村社區，所以將整修好的穀倉作為綠照站的場域使用，責無旁貸。

林怡歆表示，在她擔任總幹事之後，

農會有自己的社會責任，就是要服務農村社區，所以將整修好的穀倉作為綠照站的場域使用，責無旁貸。

得知當時農業部和吉仲部長大力在推動綠色照顧，她相當認同綠色照顧的概念，認為農會可以全力來推動。長者到農會上課後，長者和家人對農會的認同感也跟著提升，加上還有青農聯誼會，許多青農都很樂意來開課或提供上課所需的農產品，青農家裡的長輩也可以來上課，授課與照顧之間，形成了一個良好的循環。

後壁區農會秉持「綠飲食」、「綠療癒」、「綠照顧」三大核心理念來設計課程：使用在地農特產品作為食材，結合農會家政班設計健康的綠飲食；規劃手作課程做綠療癒，如結合長者傳統技藝的手作課程，由長者擔任講師與學員分享；規劃體適能和藥師衛教，以促成綠照顧的理念，同時打造綠律動等有益長輩身心健康的活動；透過送餐、共食、手作和跳舞等療癒活動，照顧農村社區長輩的健康。

林怡歆提到，綠照站跟衛福部推動設置的關懷據點並不相同，關懷據點比較偏向衛教課程，綠照站則是結合農業資源開課，甚至也會讓農村長者為學員上課，讓農村的相關知識文化可以透過傳承，持續被看到。第一次開班之後，由於反應太熱烈，目前已經持續開班，許多農村長輩都相當期待輪到自己去綠照站上課。最重要的是，農會

與農民最貼近的農會，擔負起照顧長者的社會責任，形成良善的循環。
（照片提供：簡惠茹）

很榮幸可以為在地的農村長者服務。

成為老同學的「陪伴老師」——屏東縣佳冬鄉農會

在二〇二〇年綠色照顧站第一年開辦的時候，佳冬鄉農會就率先響應。總幹事林淑玲提到，看到吉仲部長宣布綠色照顧站政策的當下，她眼睛都亮了起來，腦海中就已經勾勒出佳冬鄉農會的綠色照顧站可以怎麼做的規劃藍圖，很想趕快申請綠照計畫，展開執行。

佳冬鄉農會有一個特殊之處，在農會的辦公室旁有一棟建築，一樓是診所，二樓是以前辦公室的空間，後來閒置下來沒有使用。林淑玲心想，這不就正好適合做為綠色照顧站的場域！這裡不但有診所，又有學習和用餐空間，只要好好整修一番，就能提供給農村社區的長輩們使用。

佳冬鄉農會將在地農業、環境與文化融入綠照課程，更結合食農教育，例如使用佳冬在地盛產的蓮霧，教綠照班的長輩製作蓮霧果醬，再與鳳梨原料結合，製作香氣十足的蓮鳳酥和蓮霧醬曲奇餅乾等特色產品。為了讓不同世代互相交流，農會也邀請青農、青漁和家政班員於課程中協力參與，讓長輩的農業智慧與年輕世代的創新想法，互相交流。

課程結束後，佳冬鄉農會也會為綠照班的長輩們，提供由在地農產品製作的豐盛午餐。為長者準備飯菜的志工們更是創意滿滿，不僅細心的規劃菜單，想辦法用當季在地食材，製作出營養均衡又好吃的餐點，甚至提前試作，為的就是希望菜餚能合長輩們的胃口。自主行動能力較佳的長者，還會帶著綠照站的便當，走進社區，為不方便出門的長輩送餐，形成長輩彼此關懷照顧的良好互動網。

由於報名參加綠照班的人十分踴躍，佳冬鄉農會因而發展出「陪伴老師」的方式。為了讓更多長輩可以參加綠照班，已經上過課、自主行動能力比較好的長輩，就以「陪伴老師」來參與課程，擔任協助學員的角色。這些長者不僅可以持續參與綠照，同時

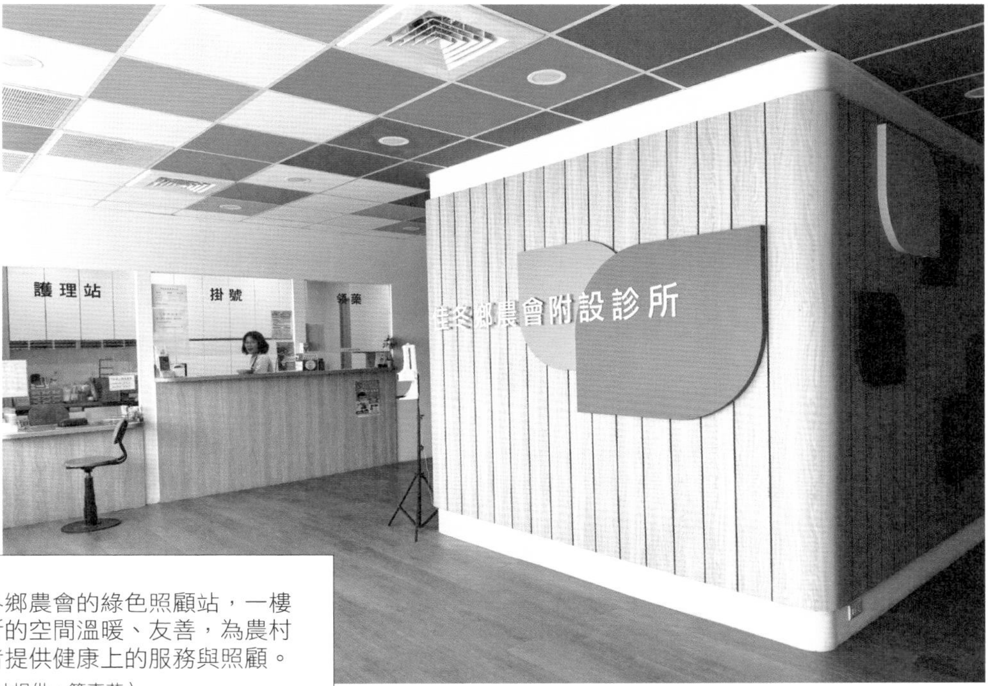

佳冬鄉農會的綠色照顧站，一樓診所的空間溫暖、友善，為農村長者提供健康上的服務與照顧。
（照片提供：簡惠茹）

還能貢獻一己之力，讓他們覺得特別開心。

林淑玲的印象很深刻，有一個長輩因為重聽，逐漸封閉自我，變得越來越孤單，來上綠照班之後，他終於重新找回笑容。這個案例讓她覺得，做綠照雖然很辛苦，但是真的很有意義。

透過綠色照顧，也讓更多民眾知道農會的存在。林淑玲表示，許多人都稱讚農會很有溫度，在做很有意義的事情，農會因此有機會突破同溫層，獲得更多年輕人對農會的認同感。

「我是想著自己的媽媽，在推

除了來到綠照站的長輩可享用健康美味的午餐之外，佳冬鄉農會更針對行動不便的長者，提供送餐的居家服務。
（照片提供：簡惠茹）

動綠色照顧。」林淑玲談起推動綠色照顧的初衷時，她提到了媽媽。林淑玲說，媽媽在過世前的生活很封閉，整天待在家裡等著她下班，每天都沒有事情做，也沒有自己的興趣。她常常想，如果當時有綠色照顧該有多好，她就可以讓媽媽參加很多活動，有更多機會與人群接觸，參加有趣、活潑的課程。

善用自然環境為長輩設計課程——桃園市復興區農會

「不要讓年紀限制長輩們的想像力。」

桃園市復興區以拉拉山聞名，而位於原鄉部落中的復興區農會，則運用天然的環境，讓在地長者在確保安全裝備和相關人員的協助下，於綠照站進行「不可能的任務」——重溫小時候的童趣，挑戰「爬樹」！參加的長輩都說，沒想到這把年紀了還能爬樹，感覺自己越活越年輕！

復興區農會指導員王韋婷談到，農會位於偏僻的高山中，要盡可能善用天然環境來設計課程，運用既有資源做不一樣的事情。因此，在群樹圍繞的復興區，加上長輩們共有的童年回憶，「爬樹」變成一個指標性的復興區綠照站活動。透過這個挑戰，綠照站希望向長輩傳達一個訊息：不要被年紀設限，以為很多

結合天然環境與綠色照護概念，復興區推出「爬樹」挑戰，讓長輩重溫兒時快樂時光。
（照片提供：桃園市復興區農會）

為老一輩找回活力，為年輕一代提供機會，讓地方產業活耀起來。
（照片提供：桃園市復興區農會）

事情不能做。

跟其他農會比較不一樣地方是，復興區因為地處偏遠、人口少，沒有設立家政班，所以主要培力在地青農來規劃綠照班的活動和課程，甚至一起動手布置教室。王韋婷說，在綠照站，青農有機會與阿公、阿嬤互動，可以回饋地方，大家都覺得做這件事很有意義，也成長很多。有的青農會教長輩用咖啡渣製作去角質手工皂，有的青農則使用在地農產品，如紫米飯、紅藜麥等，為長輩準備午餐。

一位為長者規劃綠照課程的青農說，家裡是種咖啡的，老一輩的長者大多對咖啡不是很熟悉，於是她在綠照站上的課，就帶大家認識復興區年輕一輩的農作。課堂上，她教大家手沖咖啡、手搖烘豆、製作咖啡點心，今年更加入永續環保的概念，教大家用咖啡渣做手工皂、磨砂膏、沐浴鹽……讓長者對咖啡文化有了嶄新的體驗。

讓長者願意走出來是件很不容易的事情。一開始，大家對綠照一知半解，連招生都招不滿。沒想到，現在不僅滿班，還有人備取等待，大家都很期待到綠照班上課。聽到長輩們說到綠照站很好玩，尤其是老師們這麼認真準備，大家都不想缺課，讓負責講課的青農，內心滿滿的感動。

來參加綠照站課程的長者表示，在綠照站學了以前沒有機會學習的東西，很多青農來幫大家上課，帶來新的知識，加上認識很多新朋友，每次到綠照站都覺得很開心，很有活力。

「綠照不只服務長者，更活絡在地農村，帶動整體產業發展。」復興區農會總幹事高理忠說，青農在綠照站規劃的課程，其實也是食農教育體驗遊程的一環。農會透過整合綠照、青農、食農教育、農產品推廣等資源，更加活絡農村和地方產業。所以，農會也希望透過綠照，把青農推廣到更多農會、更多地區，提高復興區青農們的知名度，讓更多人知道他們用心栽培的農特產品。

農會透過整合綠照、青農、食農教育、農產品推廣等資源，更加活絡農村和地方產業。

結合美學與文創的新農業課程——雲林縣莿桐鄉農會

「我們把農會綠照站打造成家的樣子，讓長輩們天天都想來。」

牆上掛著一幅幅長輩們在課程中綻放笑容的照片，就像掛在家中客廳的全家福；牆邊的櫃子上展示著長輩們手作的成品，莿桐鄉農會的綠照站，空間寬廣明亮，充滿了家的溫度。雲林縣莿桐鄉農會總幹事張鈺萱說，農會綠照站的門牌號碼正好是五四三號，希望大家做伙走進來「五四三」[29]，聊聊天。

談起申請綠照站的始末，張鈺萱表示，以前農會就有推行高齡者照顧的工作，但是因為經費有限，可以安排的課程不像綠照這麼多元。所以，當吉仲部長宣示要開始做綠色照顧的時候，農會立刻報名申請計畫，然後就一路做到現在，連衛福部都很有興趣想了解，雲林莿桐的綠照是怎麼進行的！

張鈺萱採行「溫度」和「制度」的原則來帶領綠照站。她提到，農會以對待家人般心情來照顧長輩，同時也制定規則，讓到綠照站的長輩，共同維護綠照站的環境和良好互動關係。每到年底，農會還會頒發「最佳服務獎」、「最佳熱心獎」等獎項，建

走進綠色照顧站，就像回到家一樣溫暖，是長輩們聯絡感情、學習新事物的最佳場域。
（照片提供：簡惠茹）

立長輩們的榮譽感，也能對綠照站更加認同。

為了增加到綠照站上課的儀式感，農會特別製作了小書包，讓阿公、阿嬤背起小書包，快樂來上學。綠照站的課程設計相當多元，想要喚起阿公、阿嬤記憶中的農村文化。例如，在童玩課程中，老師會帶領大家動手縫沙包，回憶童年時光，大家就像坐了時光機一樣回到過去，玩起以前的遊戲。

張鈺萱表示，將農業美學和農業文創融入綠照課程，是莿桐主打的特色。例如，莿桐主要生產蒜頭，於是將課程

29. 五四三，台語，指說些沒有意義、沒有內容的話，在此則指隨意、放鬆的閒聊，話家常。

背起書包到綠照站上課，成為莿桐長輩最期待的生活大事。（照片提供：簡惠茹）

融入創新思維，讓長輩用蒜膜製作蒜膜書、燈罩、扇子，大家都意想不到，蒜頭膜特殊的紋路能有如此獨特的美感。長輩們把做好的燈罩帶回家，兒孫輩都不禁好奇是哪裡買的，這讓他們非常有成就感。

農會更結合在地特產來規劃課程。張鈺萱提到，如果正值蘿蔔的產季，就會帶長輩們到田裡去拔有機蘿蔔，回到教室後便自製蘿蔔糕；莿桐盛產花生，所以也可以讓長輩們玩用筷子夾花生的遊戲，或用花生殼製作門簾。

農會的廚房叫做「五四三」，也是鏈結在地農業的重要場域。綠照站為長輩們提供的午餐，食材會使用在地青農種植的有機農產品，美味又健康。此外，農會也特別設置了「五四三健身房」，裡面備有銀髮族適用的健身器材供長者使用，長輩們可以在綠照站動動身體；同時跟在地藥局和醫院合作，導入預防醫學的相關課程，並結合AI智能檢測，即時了解長輩們的身體狀況。

採訪這天，八十歲的林燕奶奶跟同學們一起用雲林在地產的花生製作花生糖。她說，她兒子是種植有機蔬菜的農民，十分鼓勵她參加農會辦的綠照班。開始上課以後，她覺得真的很好玩，又學到很多東西，也認識很多朋友，每個星期都很期待到綠照班上課，兒子也會讓她帶有機蔬菜到班上跟大家分享，一起吃。

「我們要讓長者盡情的動、盡情的玩，讓笑容在他們的臉龐上綻放。」張鈺萱提到，自己的媽媽十年前開始出現失智的症狀，她很捨不得媽媽，辛苦了大半輩子才剛要開始享福，健康卻走下坡。幸好，在家人持續的關懷、陪伴之下，媽媽的狀況越來越好，她每天陪著媽媽唱歌，媽媽也能開始跟著音樂一起打節拍。她很能體會，現在年輕人辛苦在外打拚，想要兼顧家庭跟事業確實不容易，因此農會願意提供協助來照顧家裡的長輩，讓年輕人比較沒有後顧之憂。

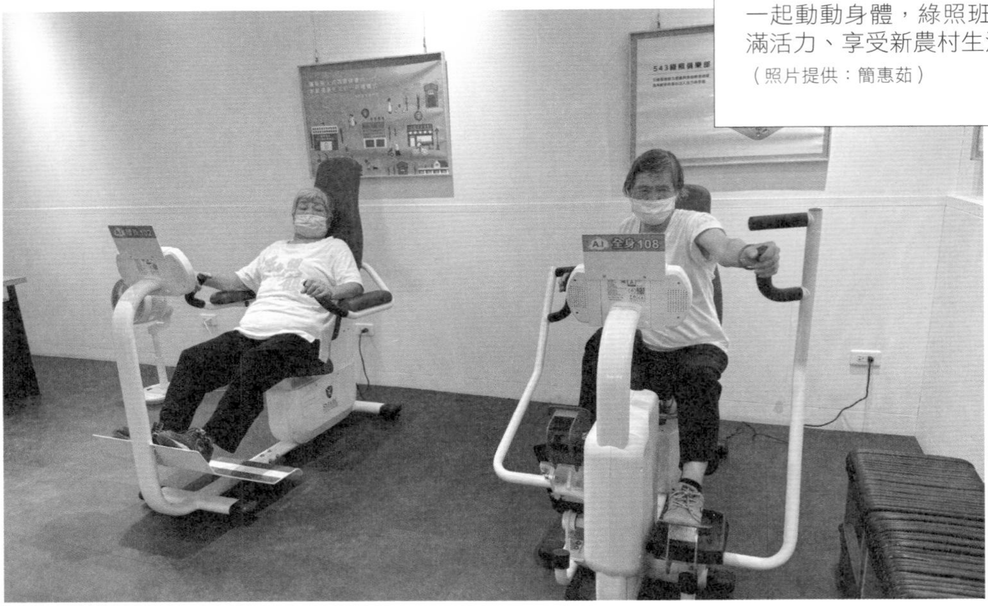

一起動動身體，綠照班員充滿活力、享受新農村生活。
（照片提供：簡惠茹）

利用在地食材來規劃課程，綠照班員親自動手做好吃的花生糖。
（照片提供：簡惠茹）

身懷絕技的長者為師——彰化花壇農會

講到「花壇」這兩個字，就好像已經能聞到茉莉花清香的香味。彰化縣花壇鄉的綠色照顧站，在教室外面開闢出一片茉莉花園，充分凸顯在地茉莉花產業的特色；課程同樣也與茉莉花緊密結合，發揮綠色照顧的初衷。

為了讓長者在花壇的綠照站獲得療癒，總幹事顧碧琪特別打造一座療癒花園，將原本就有的香草植物園和茉莉祕密花園，規劃為農業療癒庭園，長者可以在祕密花園裡，學習香草植物的知識；老師則運用茉莉花當教材，進行綠照課程。

綠照站中的長輩拿著漂亮的茶器，用在地的茉莉花，學習泡茶的禮儀，從泡茶到試茶的技巧，每個人都仔細的跟著老師的步驟練習，

充滿花香的綠色照顧站，用療癒的庭園景色，迎接來上課的長輩。
（照片提供：簡惠茹）

陳吉仲部長跟花敘壇心站的農村長輩，一起包粽慶端午。
（照片來源：陳吉仲臉書）

一旁搭配有茉莉花製作的餅乾點心，十足展現茉莉花之鄉的特色。

花壇鄉農會以農會家政推廣工作為基礎，進一步將範圍擴大到綠色照顧，運用且提升家政班員的技能，為長者規劃綠照課程。家政指導員蘇素賢說，一開始要做綠色照顧的時候，農會從如何以現有資源在農村長照有所貢獻為出發點，於是既有的家政班不作他想的成為了最有力的後盾。沒想到，家政班員聽到要做綠色照顧後，全都躍躍欲試。從準備課程，學習寫教案，再到運用在地食材為長者們準備午餐，甚至舉辦活動，大家各自發揮所長，為綠照貢獻一己之力。

農會更構思了「長者為師」的特別企劃。蘇素賢表示，農村社區的長輩個個臥虎藏龍，無論是農民、退休老師或家庭主婦，大家都身懷絕技，不讓他們來擔任講師分享，實在太可惜。例如，本來在種菜的農民長輩，就請他教大家如何施肥，教大家如何製作有機肥料，用腐葉菜渣做液肥。這些長者在台上分享專長的時候，個個充滿自信，更從中獲得極大的成就感。

蘇素賢也提到，綠照站不只是單純讓長輩們來上綠照課程，更形成一個據點，農村長者在綠照站可以聯繫感情、話家常，還能繼續學習，進而貢獻所長，與其他長者分享；家政班員可以運用所學，為長者們規劃課程，舉辦活動；青農們在綠照站與上一代的農村長輩交流，新舊世代之間互相學習、傳承。綠照站不僅穩固了在地情感連結，凝聚力也更強。

因材施教的綠色照顧——台東縣池上鄉農會

今年的父親節，台東縣池上鄉農會為綠照班的「父親們」舉辦特色限定課程，不僅限定父親參加，也讓父親們站上講台分享自己的專長。家裡開茶葉行的綠照班員、七十多歲的阿公就在這天擔任講師，在班上分享茶葉課程，侃侃而談茶葉經。農會也因應父親節安排米蛋糕課程，每位阿公都搶著學做米蛋糕；蛋糕都做好了，大家也不想離開教室，因為在綠照班，永遠跟朋友有聊不完的話題。

池上鄉農會將原本農會家政班的內容深化、擴充，並運用在地特色，結合家政班員和長者傳統技藝規劃課程，例如編織和拼布等等。為了讓綠照長者的作品能與更多民眾分享，農會超市還建立了綠照長者作品專區，由班員自己整理商品上架，除了傳承傳統技藝，也提升長者的成就感和自我價值。池上鄉農會家政指導員吳汶芳表示，池上鄉農會特別強調「軟實力」的展現，持續培力在地青農、部落青年、綠照班員和家政班員擔任綠照班的講師，例如請部落青年製作五穀罐，運用小米、糙米、白米、紅藜和黑米，讓長輩層層堆疊不同的作物，一方面呈現池上在地米食文化，另一方面也讓長輩訓練手部控制能力。

吳汶芳說，我們希望綠照班的長者都能再次找到成就感和建立自我認同，所以經過農會培力的綠照班員，農會會協助接洽參與外部社團的活動，讓他們有機會擔任講師，展現學習到的技藝；班上八十幾歲阿嬤學會拼布後，透過與參加活動的民眾分享，讓她們相當有成就感。

「池上農會很特殊的綠照模式，就是會因材施教。」吳汶芳說，由於綠照班的長者從六十五歲到九十三歲都有，所以根據行動力的不同和手部靈巧度的差異，為長者安排不同難易度的課程，因材施教，主要是希望不要讓長輩失去信心而對課程沒興趣。

池上鄉農會總幹事游玉櫻表示，農民朋友對於綠色照顧有很深的感受，無論是綠色照顧或三保一金，都讓農民感受到政府的照顧。池上鄉農會的綠照站從設立以來就很受到歡迎，有些原本情緒低落、整天悶悶不樂的長輩，來了以後都逐漸展開笑容，讓她也感受到——這就是農會服務農民的精神。

農會超市還建立了綠照長者作品專區，由班員自己整理商品上架，除了傳承傳統技藝，也增加長者的成就感和自我價值。

翻轉農業的幕後故事

陳吉仲

台灣人口持續老化，農村的許多長輩一輩子辛辛苦苦務農，在農村貢獻一己之力，因此我認為，農業部有責任接軌行政院長照2.0政策，運用農漁會人員和家政志工隊等人力，結合在地農村特色，例如農產品和農業資源，開展具有農村地方特色的綠色照顧。

綠色照顧負起農業單位的長照責任

許多農村長者有眾多農業智慧和農業知識，可以傳承給新的一代；年輕的青農也有許多新穎創新的農業生產知識，可以跟長輩交流。如果可以讓不同世代在農村創造對話，就有機會讓農村更加活化。

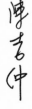

此外，我們期待更多青農加入農業生產。許多青農的父母也都在農村生活，農業部更要負起照顧的責任，讓青農們在務農時沒有後顧之憂，也更能專心發揮所長。

那麼，綠色照顧要如何執行？我最先想到的就是農漁會！農漁會有很多資源可以運用，有場地，地理位置好，還有在地許多農產品和農業資源，而且就在第一線最熟悉這些農村長輩，也是長輩們最信任的單位，因此農漁會是最適合執行綠色照顧這項政策的在地單位。

對農會來說，這也不是完全陌生、從頭開始摸索的業務，因為農會本來就有家政班，培育許多家政指導員，綠色照顧則是把農會既有的業務，發揮得更加淋漓盡致。將家政指導員的一身武藝應用在綠色照顧上，可說是相輔相成。

此外，農會也可以透過綠色照顧做到社會責任的一環。許多農村長輩都是農會本來長久的會員，辛辛苦苦務農大半輩子後，農會又再為大家提供綠色照顧的服務，完全發揮社會公義的精神。

除了有農漁會執行綠色照顧，農業部也從農村社區推動綠色照顧，希望讓農村照顧更全面，不要讓任何角落被遺漏。因此，由農業部農村發展及水土保持署推動農村社區的綠色照顧計畫，透過在地農漁民、社區團隊協力，以綠色照顧四大核心──「綠場域」、「綠飲食」、「綠療癒」和「綠陪伴」，推動農村高齡長者的長照服務。

政策執行到現在，我們更看到綠色照顧帶動整體農村活化的成果。我們的農村不再只是老人家照顧老人家的畫面，而是透過綠色照顧，長者得以傳承過往累積的農業智慧，也找出當地獨特農村特色，開創農遊和食農教育體驗，吸引許多都會居民前往農村旅遊，打造出獨特的綠色照顧產業。

農村送暖和幸福餐盒

除了在農村推動綠色照顧，我還希望透過運用農業部和台灣農業資源，讓台灣這塊土地的人民，每個人都不會挨餓，這同時是聯合國永續發展目標SDGs中的「零飢餓」，簡單說就是「每個人都吃得飽」，這是農業部可以為台灣社會所做的。農村有許多食材，而透過政策執行，可以讓每個人都有充足的食物，提高生活水準。

為了能適時提供協助給農村中需要關懷的家庭，透過農業部農村發展及水土保持署盤點農村中行動不便、居住偏遠、高齡獨居、經濟低收或收入不穩定的家庭，為其提供「食材暖暖包」。食材暖暖包中的品項包含蛋白質、五穀雜糧類等常溫即食品，而且是國產在地食品，可補充所需營養。

除了食材暖暖包，農業部也推出「幸福餐盒」，用國產食材製作平價的便當並在通路販售，目的是希望讓都市中有需要的人，可以吃到買得起的便當，並帶動企業選用國產食材來製作便當。一個全部都使用國產食材的排骨便當只賣六十元，所以幸福餐盒一推出後廣受好評，許多企業更紛紛響應加碼。

吃得飽，是人活著最基本的尊嚴，農業部擁有許多農漁產品資源，在這件事情上更是責無旁貸。

（資料來源：農業部；圖表提供：陳吉仲）

從在地認同出發，以創新與永續為目標的食農教育

「好好吃飯」，除了吃飽、吃得營養健康，還要透過吃進去的食物，認識食材從哪裡生產？由誰生產？了解人與食物、人與土地、人與文化的關係，進而認識豐富的台灣農業文化，這就是「食農教育」。從一顆芒果的生產，再到一塊石斑魚的魚排，甚至是一杯在地黃豆製成的豆漿，背後都是充實飽滿的食農教育知識。

各地農漁會搭配在地農業特色推動食農教育，藉此帶動起食農教育農遊程，甚至也成功將食農教育帶入校園，融入學校課程和營養午餐，讓食農教育從小扎根。

以「幸福島嶼」體現食農教育美學——雲林縣斗南鎮農會

被小朋友們稱作「小綠姊姊」的楊雅惠，是斗南鎮農會食農教育的幕後重要推手。為了推廣食農教育，斗南鎮農會特別設置了「食農指導員」。食農指導員楊雅惠說，農會做食農教育有其利基，只要整合資源，就可以迅速上手，因為農會本來就有「四健」、「家政」、「農事」三方面的業務，加上農會本來就具有教育推廣的功能，在這樣的基礎上去推動食農教育，就可以事半功倍。

農會在做食農教育的時候，有一個很重要的任務是「轉化」，從專業的農業知識，

例如如何種出好吃、產量高的米，轉化成向消費者訴說的故事。從「務農」到「食農」是做食農教育時，需要不斷摸索的過程。

在遊玩中學食農

斗南鎮農會不僅自行開發食農教育的相關教材、教具，甚至更推出了桌遊。楊雅惠提到，農會同仁絞盡腦汁開發出七十二道闖關遊戲，不同年齡層對應不同難度的關卡；闖關要回答的題目，則融入斗南在地的農業，包含稻米、胡蘿蔔、馬鈴薯、絲瓜、乳牛等食農知識。

為了使開發的教材與桌遊更具有教育意義，讓食農教育走入校園，斗南鎮農會開始與在地學校接洽，走進學校，希望不只教學生，學校老師們也可以一起深入瞭解食農教育。食農夥伴不應該只是農會員工或農民，學校老師同樣能成為食農夥伴的一員。因此，農會編寫了《給食手冊》提供教師使用，從農產品的產地、耕種模式、運送儲存方式，到農產品本身的營養價值等，手冊中均有詳細說明。

農會本來就有「四健」、「家政」、「農事」三方面的業務，加上農會本來就具有教育推廣的功能，在這樣的基礎上去推動食農教育，就可以事半功倍。

除了教材與教案，農會更希望學生有機會吃在地、認識在地。所以，農會突破層層難關，成功與八所小學合作，將每個月十五號訂為「斗南食物日」，推動「我的餐盤」營養午餐活動。在十五號當天，學生的營養午餐食材均使用斗南在地農產品，例如斗南生產的米、絲瓜、無殼綠竹筍等，希望「斗南15食物日」，能深入學生的生活與認知，落實在每個人的日常生活，注重個人健康飲食，支持國產農產品，實踐每個月的「食物日」吃在地、吃當季、吃原型、共享食物、不浪費的美好價值。

為了讓學生認識這些斗南的農作物如何從產地到餐桌，農會進一步拍攝食物日的影片，讓學生清楚知道，這是誰種出來的絲瓜，種植地位於斗南哪裡，並且透過教師培訓營，由農會指導人員解說教材和影片內容的相關知識；會後則由老師規劃課程，運用食農教材進行教學，讓學童事前了解「斗南食物日」當天營養午餐的食材來源，以及在地文化風土。如此一來，學生便能逐步理解斗南農產品的分布位置，越來越了解斗南在地農業。

食農教育的重要性

由於從事農業的人口也越來越少，一般民眾、學生對於「農民」與「農業」的認識，自然逐漸變少。這樣的情形，其實會為農村的發展帶來許多困境，因為沒有對農業的認同，就越來越少人願意為在地的發展而努力。所以，食農教育有一個很重要的任務，就是建立在地認同！當斗南的民眾能認同斗南，才有辦法認同雲林，也才能更近一步認同台灣這塊土地。

在推廣食農教育時，「吃」是很好的媒介。為什麼要吃？吃什麼？你吃進去的東西對環境、對產業、甚至對國家，有什麼影響？所以，斗南鎮農會從「吃」出發，進而發展出「斗南食物日」，學生透過親自走進農田，了解有機友善耕作、產銷履歷等，再連結到食品安全等更多層面的議題。

農業美學融入食農教育

將農業美學帶進食農教育，不只是吃飽，還要吃的講究：講究營養均衡，講究用餐環境和餐具，還有重視餐桌禮儀，才能享受美食帶來的一切。所以，從設計學生的午餐菜單開始，農會特別重視食材的豐富多元，成品的擺盤細節，再到學習將用餐速度放慢，慢慢咀嚼來享受食物的美味，注意每個小細節，好讓學生體會食農的美。

其中，最能體現食農教育美學的活動，不得不提起「幸福島嶼」。透過一年一度舉

「斗南 15 食物日」讓學校午餐使用在地食材，不僅搭配教學內容，還有實際的飲食體驗。
（照片提供：雲林縣斗南鎮農會）

辦的「幸福島嶼」系列活動，具體呈現所有斗南鎮農會推動食農教育的理念和成果。在「幸福島嶼」一活動中，民眾可以體驗到農業美學，也提供了讓學生們展現食農教育成果的舞台；在輕柔的音樂間，民眾可以到在地小農攤位上，一邊品嘗在地食材，一邊聽小農們分享他們種植的理念。

斗南鎮農會總幹事張燕容表示，食農教育是農會願意投入資源大力推動的工作，讓孩子吃到在地的農產品，透過「吃」來認識在地，搭配食物日播放相關的影片介紹來了解馬鈴薯、胡蘿蔔、越光米等在地的農產品。即便孩子沒辦法親自前往產地，但是他們可以透過多樣管道與所在的地方建立連結感，希望大家能從斗南出發，到雲林縣內，再擴及整個台灣，透過吃在地農產品，更認識這塊土地。

特色食農綠生活遊程，吃好、玩好、學好——花蓮市農會

花蓮市農會的食農教育，要從碾米廠開始談起。農會經營碾米廠已三十多年，更在二〇二一年進一步成立稻米產銷契作集團產區，目前與新城鄉、花蓮市及壽豐鄉等地區種植稻米的農戶契作，年契作面積來到一百四十公頃，收購稻穀超過七百五十公噸，並以「土地之歌」的品牌加以推廣。花蓮市農會推廣部主任柯惠娟表示，在稻米契作的基礎上，農會加以推動食農教育，更進一步成立「花蓮市農會食農教育園區」。

花蓮市農會總幹事蔣淑惠為了大力推動食農教育，農會盤點了既有的農業資源廠區及廠房，還有倉庫等閒置空間，逐步規劃食農教育與環境教育的場域，打造「花蓮市農會食農教育園區」。透過結合有機小農田區場域、田間產業體驗、花商超市－農民直銷站、分裝場及賣場，讓參與民眾建立對食物的尊重，體驗食農綠生活。

在吃下桌上那碗熱騰騰的白飯時，對大家來說，吃飯已經不只是吃飽而已，更是對於環境永續和食農教育有了更深層的體會。

柯惠娟提到，花蓮市農會以林下經濟產業及有機農業發展為核心，結合農會示範場域及產業機營園區，辦理許多食農教育和環境教育等課程，例如「愛稻花蓮碾米趣～插秧及割稻體驗活動」、「小秧苗上學去」、「小農夫下田去～有機蔬菜及惜食教育體驗活動」等。

花蓮市農會也與在地學校合作，將食農教育課程融入課外活動和校外活動，學生可以到食農教育園區來認識水稻、體驗插秧、割稻，甚至了解碾米到加工的整個過程。

除了面向學校之外，農會也為來到花蓮觀光旅遊的遊客，提供食農遊程。其中，「小秧苗上學去」更入選為農糧署二〇二三年八條「食米教育示範體驗遊程」的路線之一。在這條體驗遊程路線中，遊客可以體驗插秧技巧，了解有機環境對永續生態重要性，明白在各生育期，如何呵護稻子的成長，以及從綠色秧苗、金黃稻穀到香甜白飯的奇妙變化。最後，遊客還能動手製作麻糬、編織稻草玩具……體驗多樣與稻米相關的活動。

透過實際下田插秧，回到園區自行碾製稻米，再將白米帶回家，民眾可以充分認識手中那一包白米，從產地到餐桌的整個過程。在吃下桌上那碗熱騰騰的白飯時，對大家來說，吃飯已經不只是吃飽而已，更是對於環境永續和食農教育有了更深層的體會。

從完整產業鏈，認識農業永續——台南市麻豆區農會

麻豆區農會將農會倉庫改造成「柚兒園 UR 品牌生活概念館」，結合農會本身的冷鏈加工設備，打造在地特有的文旦食農教育園區。從生活概念館的外觀，可以看到麻豆區農會的吉祥物「UR 柚兒」的彩繪壁畫出現在外牆上，粉粉嫩嫩的顏色，顛覆大家對傳統農會的印象。除了彩繪的柚兒，還有立體的柚兒模型，讓民眾拍照打卡留念。

走進概念館內，民眾可以感受到每個角落精心設計的巧思。館場不僅結合咖啡廳和展售中心的功能，並且搭配推廣食農教

遊客到訪「柚兒園 UR 品牌生活概念館」時，經常選擇與立體的柚兒模型拍照，留下美麗回憶。
（照片提供：台南市麻豆區農會）

農會倉庫改造成的概念館，處處可見設計巧思，更是推廣食農教育的最佳場域。
（照片提供：台南市麻豆區農會）

育的各項設施，讓遊客能更了解麻豆的特色產品——文旦。麻豆區農會總幹事孫慈敏說，遊客在概念館可以一覽農會開發文旦加工品的成果，如柚花咖啡、柚花紅茶、蜂蜜柚子茶、柚醬吐司等加工品。除了好吃好喝的，還有柚花精油加工製成的洗潔用品。館內特地設有不會消失的泡泡浴池，讓遊客可以跟透明泡泡拍照留念。

除了享用好吃的文旦產品，體驗食農教育，麻豆區農會特別串聯整體文旦產業，來規劃食農教育體驗遊程。孫慈敏說，麻豆區農會有完整的文旦產業鏈，包含自動化分級包裝場，有相關省工機械、柚子分級機、拆盒包裝機、柚子酸甜度檢測，再到初級加工過程，包含文旦自動削皮機等。除了麻豆的文旦，體驗遊程中還會向遊客介紹台灣各產區有哪些不同品種的文旦，以及文旦的營養價值。

參觀完文旦儲存、冷鏈到加工的過程後，遊客可以再回到生活概念館內進行DIY體驗，以柚皮或柚花萃取的精油和大豆蠟作為基底，製作文旦精油香氛蠟燭，把文旦的清新香氣帶回家；也可以用文旦果肉、蜂蜜和檸檬汁，製作美味的柚醬，帶回家後可搭配吐司或餅乾，自製文旦口

從柚花、柚肉到柚皮，麻豆區農會全果利用，研發出各式特色產品，是遊客必買的伴手禮。
（照片提供：台南市麻豆區農會）

味的美味點心。

孫慈敏認為，食農教育可以帶動在地農業產業的整體發展，將農業各種面向串連起來，推廣給社會大眾。所以，麻豆區農會將在地青農集結到農會的場域，舉辦食農教育活動，讓青農們將自己的農產品推廣給民眾。此外，在其他地區的鳳梨生產過剩時，麻豆區農會同樣義不容辭的辦理鳳梨食農教育活動，教大家怎麼殺鳳梨、吃鳳梨，了解鳳梨營養價值，將鳳梨大力推銷給消費者。透過這些食農教育的推廣，一步一步讓民眾更熟悉每一項農產品，進而認識台灣農業，讓台灣農業走向永續。

為在地農產尋根找回共同記憶——苗栗縣公館鄉農會

「紅棗的故鄉」公館，是全國唯一的紅棗生產專區。苗栗縣公館鄉農會總幹事古雪雲帶著團隊，細細盤點起公館農產品的產業歷史和發展脈絡，累積成屬於公館的農業知識庫，為公館的食農教育打下穩固地基。

為做到農業推廣，公館鄉農會不斷為自己的農業發展脈絡尋根。古雪雲說，在食農教育軟體建置的部分，公館鄉農會與中央大學長期合作，不論是盤點公館紅棗、芋頭，以及客家福菜歷史，還是將農業術語轉譯成科普知識，都在合作過程中慢慢成形，大

來到公館的遊客，可以在穿龍驛站找到飲食、文化和旅遊等各項寓教於樂的資訊。
（照片提供：苗栗縣公館鄉農會）

家一一完成焦點訪談，仔細完成重要的紀錄。她還親自找到八十多歲的農改場前研究人員，像挖到寶一樣，挖出他整理了六十幾年的福菜產業資料。古雪雲提到，這些珍貴的資料，都是做食農教育最需要的產業故事，也因此才能厚實食農教育的意涵。

對古雪雲而言，推動食農教育的意義，不只在於認識栽培技術，所謂的食農教育，是深入到骨髓裡的教育，這些農作物連結到家族歷史的記憶，連結到產業環境，進而塑造地方的人文歷史。

軟體累積好後，公館鄉農會也準備好營造硬體場域。農會獲得苗栗縣政府和農業部的補助支持，進駐苗栗特色館後，打造「穿龍驛站」。古雪雲說，她希望穿龍驛站可以成為食農教育和客家飲食文化傳承基地，也能成為一個當地旅遊據點。所以，場域中設有飲食區，還有食農教育ＤＩＹ體驗區域，並同時有賣場展售公館農特產品。

遊客可以在穿龍食堂中，體驗結合在地物產設計出各式的食農體驗課程，也可以享受一頓公館農會家政班精心用在地紅棗、福菜、芋頭料理的客家美食，還能到產業故事館，觀賞公館農會與中央大學客家學院合作打造的展示區，了解在地農產耕作歷程，進行產地ＶＲ實境體驗。

以穿龍驛站為中心，公館鄉農會鏈結周邊區域，打造食農小旅行，隨著產季推出不同的農遊小旅行：紅棗小旅行讓遊客體驗棗農採收紅棗鮮果的過程，搭配絹印DIY，將公館紅棗烙印在環保袋上；芋頭小旅行帶領遊客騎單車穿梭芋田，深入瞭解芋頭採收過程，體驗芋頭美食料理。

古雪雲表示，為了塑造地景特色，公館鄉農會更與苗栗區農業改良場合作，運用稻田彩繪藝術，展現公館的農產文化和藝術氛圍。公館鄉農會希望不斷透過創新和吸睛的食農教育，讓更多民眾深入瞭解公館農產，農業與你我的關聯。

翻轉農業的幕後故事

「我們期望大家都能認知到：農業不只是農民的農業，更是全民的農業。」

陳吉仲

台灣是個物產豐饒的島國，大家知道每天餐桌上的美食，是怎麼從土地生產出來的嗎？為了讓國人更加認識台灣的農業及國產農產品，鼓勵地產地消、減少糧食浪費並提高糧食自給率，二〇一八年，行政院依照第六次全國農業會議結論推動「食農教育法」，並成功完成立法。這部食農教育法推動的對象涵蓋家庭、學校、政府部門、農民團體、食品業者、社區、民間團體等，幾乎全民都包括在內；內容則包含支持在地農業、鼓勵地產地消、強化食農連結、培養均衡飲食、惜食減少浪費、傳承飲食文化、國民免於飢餓等。

食農教育讓農業成為全民農業

其實在食農教育法之前，我們已經組成了食農教育推動小組，建置食農教育教學資源平台，培訓超過千人的食農、食魚教育種子教師，深入校園、社區推動食農教育。我們規劃在食農教育法中將這些工作法制化，成立「食農教育推動會」，整合各部會、學者專家及民間團體等，共同推動食農教育。另外，我們也將政府、公營事業、行政法人、學校、幼兒園、政府捐助財團法人應優先使用國產食材明文入法，鼓勵各級學校及幼兒園優先參與食農教育課程活動，規定寬列預算支持食農教育，並將減少食物浪費、增進健康飲食、使國民免於飢餓等，訂定為政府的義務。

食農教育最主要的目的，除了讓國人更了解台灣農產品和台灣農業，更要讓民眾了解從飲食到環境、自身與農業的緊密連結，從中加強國民的健康，國民對農業的認識，進而了解農業永續發展的重要性。因此，我們在食農教育專法第四條明定了食農教育的六項推動方針：

第一項：支持認同在地農業。透過全民食農教育的推動，強化民眾對於台灣農業和農產品的認同、信賴與支持。

第二項：培養均衡飲食觀念。食農教育的重點之一就是從飲食增進國民健康，並培養健康且符合生態永續的飲食生活。

第三項：珍惜食物減少浪費。一方面致力減少食物浪費，另一方面也要確保糧食安全，讓國民穩定取得糧食。

第四項：傳承與創新飲食文化。透過傳承與創新的飲食文化，促使消費者了解在地飲食文化，進而認識農漁村與農業文化。

第五項：深化飲食連結農業。透過鼓勵國民參與各項食農教育活動，進而了解農林漁牧的生產運作等知識。

第六項：地產地消永續農業。鼓勵在地生產、在地消費，並強化農產品生產安全管理，促進農業永續發展。

有鑒於日本從二〇〇五年就開始實施食育基本法，推動食農教育相關政策，食農教育法成功立法，來自於民間從下到上、強而有力的力量。許多團體、學者專家和立委一致呼籲，台灣要有自己的食農教育專法，食農教育立法更是第六次全國農業會議的結論之一。

討論食農教育法制定的內容時，我很堅持要把目標和作法都直接寫入，並明文寫上政府機關、國營事業機構、學校等，應優先使用在地食材。農業部更宣示第一年要用十億元執行食農教育，每年更要增加預算辦理。

除了法制的健全，食農教育法也明定中央主管機關須訂定食農教育專業人員培訓和資格認可等辦法、中央主管機關應設置食農教育資訊整合平台等，將食農教育相關軟體建置完備。

值得一提的是，我們與教育部全力推動學校午餐全面使用國產可溯源食材，這也是食安五環的重要措施之一。我們將每人每餐的獎勵金從三・五元翻倍提高到六元，偏鄉學校的食材採購經費補助再加碼提高到十元，就是要確保全國三千多所國中小、超過一百六十萬名學童，都能吃到可溯源且優質安心的國產農產品。因此，學校午餐使用國產可溯源食材覆蓋率從二〇一七年的一一％成長到二〇二三年的九八％左右，創造家長孩子贏、農民農業贏、食農教育贏的三贏目標。

農會是重要的食農教育推動角色之一

我一直強調，在推動食農教育時，農會扮演相當重要的角色。農會本來就有推廣的組織和人力，因此可以一肩扛起食農教育的責任。農會不僅擁有食農教育的場域，更有專業的推廣人員，還培訓了很多家政指導員，加上農會十分熟悉在地農業特性和文化，可以讓食農教育做的更全面、更深入。許多農會都因此開發出具有在地農業特色的食農教育體驗遊程，對當地農民、觀光產業、農會經濟事業來說，同樣是受益良多。

（資料來源：農業部；圖表提供：陳吉仲）

結語

陳吉仲

一九八八年五月二十日的農民運動，在剛解嚴噤聲的年代，站上街頭絕不是容易、也是最無奈的決定，但數千名農民仍挺身而出走上台北街頭，面對警方架起的拒馬、蛇籠，以及出動的鎮暴車、消防車、水車，毫不畏懼為農民權益發聲。

參與五二〇農民運動的農民、學生等參與者，遭到警方強力鎮壓，爆發大規模流血衝突事件，他們喊著七個訴求：全面辦理農民農眷保險、開放肥料自由買賣、增加稻米保證收購價格與收購面積、廢止農會總幹事遴選、廢止農田水利會會長遴選、成立農業部、農地自由買賣。

隔年，一九八九年七月一日，在前總統李登輝任內開辦了農民健康保險，但是歷經三十多年的時間，隨著社會環境變遷，農民福利制度卻還停留在當時，並沒有繼續往前走。

為了讓農民成為一門專業的職業，政府就需要為農民建立起完整的福利制度，包含農民職業災害保險、農民退休儲金、農業保險，都在蔡英文總統八年內陸續完成，並由各鄉鎮區農會來執行。這一套農民福利制度已完整建立，但還在起步階段，需要持續精進，將照顧全國農民的福利制度打造更加健全、穩固，讓「三保一金」扎實深根在為台灣這塊土地打拚的農民身上，能讓台灣農民務農沒有後顧之憂，讓更多青農願意投入農業，讓農會持續扮演照顧農民的角色，讓台灣農業可以永續走下去。

農業基礎建設的完備，更是提升農民收入、持續務農堅實的後援，所以「冷鏈」和「加工」是農業產銷調節重要的兩大工具，無論是面對國內市場價格波動、外銷市場的政治風險，或是天然災害的衝擊、極端氣候的挑戰所造成的產量起伏，冷鏈加工體系的健全，才能讓農民辛苦生產、用心呵護的農產品被好好對待，讓農民收益穩定又能提高。

除了農業的生產面，農村發展也是農業永續重要的一環。「綠色照顧」和「食農教育」都是農村創新、培力重要的制度，一方面讓農村長者在地安老，也促成農業智慧的傳承，更讓不同世代農民產生對話，進而共同為自己的農村找到再生發展的機會，而其中食農教育更是貫穿其中的創新動力。

無論是三保一金、冷鏈加工、綠色照顧、食農教育，都需要農漁會和相關團體協助在第一線執行、推廣。在這條路上，很感謝農漁會一起為農漁民服務，這是大家一起

打拚才能共同完成的農漁大事，

很可惜因為篇幅限制，還有許多農漁會的故事尚未提及，但每一個農漁會都是重要的推手。還有許多合作社、NGO團體、學者專家，都是促成政策往前走的重要角色，沒辦法一一敘明，深感遺憾。

最後，我要向農業部所有一起推動這些政策往前走的同仁，表達最高的敬意和深深的感謝。因為有你們，台灣農業才能往前邁進一大步。回顧三十多年前的農民運動訴求，我們一起一一實現，還有三十多年來存在已久的農業問題，我們一起一一克服，未來還需要農業部與農漁會等農業團體，不分你我，回到初心，為台灣農漁民打拚，為台灣農業永續來努力。

致謝

特別感謝接受本書採訪的農漁會總幹事、相關工作人員，以及為守護這片土地而努力的農民朋友和農業部全體同仁。

農漁會總幹事（依姓氏筆畫排序）

方介佐 高雄市旗山區農會總幹事
古雪雲 苗栗縣公館鄉農會總幹事
李俊伸 新北市汐止區農會總幹事
李建通 台東地區農會總幹事
李振元 台東區漁會總幹事
李曉軍 台南市學甲區農會總幹事
林坤宏 彰化縣福興鄉農會總幹事
林定億 台南市官田區農會總幹事
林怡歆 台南市後壁區農會總幹事
林芷蕾 高雄市六龜區農會總幹事
林淑玲 屏東縣佳冬鄉農會總幹事
林順和 屏東縣恆春鎮農會總幹事
林翠香 雲林縣北港鎮農會總幹事
邱子軒 台南市鹽水區農會總幹事
洪輝煌 高雄市內門區農會總幹事
孫慈敏 台南市麻豆區農會總幹事

翁乃馨　嘉義縣義竹鄉農會總幹事
高理忠　桃園市復興區農會總幹事
張素華　花蓮縣富里鄉農會總幹事
張鈺萓　雲林縣莿桐鄉農會總幹事
張德奇　花蓮市吉安鄉農會總幹事
張燕容　雲林縣斗南鎮農會總幹事
許弘霖　台南市山上區農會總幹事
郭展豪　高雄市興達港區漁會總幹事
曾庭熙　新竹縣新埔鎮農會總幹事
游玉櫻　台東縣池上鄉農會總幹事
黃世裕　前嘉義縣梅山鄉農會總幹事
黃志耀　前宜蘭縣冬山鄉農會總幹事

黃貞瑜　嘉義縣農會總幹事
黃盛皇　花蓮縣瑞穗鄉農會總幹事
黃翊愷　彰化縣芬園鄉農會總幹事
黃景建　台中市霧峰區農會總幹事
溫進添　台南市南化區農會總幹事
蔣淑惠　花蓮市農會總幹事
謝介民　彰化縣芳苑鄉農會總幹事
鍾清輝　高雄市美濃區農會總幹事
顧碧琪　彰化縣花壇鄉農會總幹事

工作人員及農民朋友（依姓氏筆畫排序）

尤志遠　屏東恆春洋蔥農
王韋婷　桃園市復興區農會指導員
吳汶芳　台東縣池上鄉農會家政指導員
呂登和　台南麻豆大專業農
李秀蘭　台南麻豆文旦農
李佳翰　台南麻豆文旦農
周寶鳳　台南市後壁區綠色照護站班員
林　燕　雲林縣莿桐鄉綠色照護站班員
施佳良　政治大學公共行政系兼任助理教授
柯惠娟　花蓮市農會推廣部主任
柳淑惠　高雄旗山蕉農
許有鋒　嘉義民雄蓮藕農
陳　雄　花蓮瑞穗文旦農
陳清波　台南鹽水高粱農
黃士洋　屏東新園紅豆農
黃仁志　雲林北港農民
黃啟豪　台南後壁青農
楊雅惠　雲林縣斗南鎮農會食農指導員
劉棋杰　高雄美濃水稻農
劉舜愉　高雄美濃木瓜農
潘美秀　花蓮富里水稻農
潘韋伶　台南市白河區農會保險部主任
蔡豐勝　台南南化芒果農
謝武秀　彰化芬園農民
蘇素賢　彰化縣花壇鄉綠色照護站指導員

附錄一　新農業政策的推動成果

01 三保一金，完善農民福利制度

為了不讓農民看天吃飯、讓農民退休生活有保障、讓農民職災受到照顧，農業部建立「三保一金」農民福利體系：精進農民健康保險、開辦農民職業災害保險、推動農業保險、建立農民退休儲金，讓農民從農更有保障。

02 強化農產品產銷體系，提升農業競爭力

打造農產冷鏈物流體系，預算從一百二十六億元一路增加到超過一百四十億元，全面布局台灣全國冷鏈物流建設，拓展外銷，增強產銷調節能力，以穩定農民收益；建立農產品出加工制度，增加農產價值；推動省工機械化，提升農業競爭力。

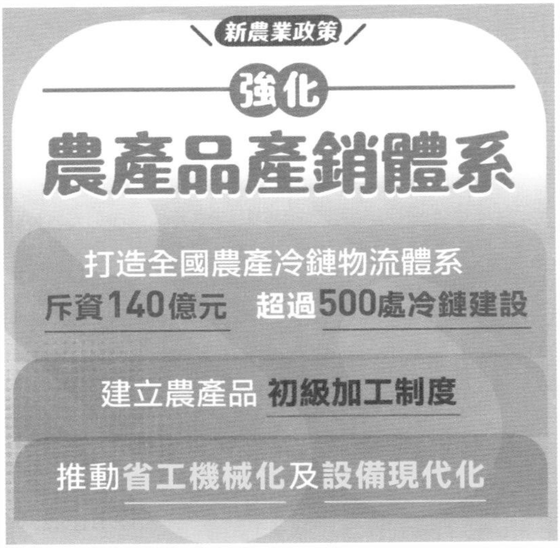

（資料來源：農業部；圖表提供：陳吉仲）

03

成功拓展高消費市場，降低單一市場依賴

二〇二一年我國農產品外銷達五十六．七億美元，創歷史新高；二〇二二年農產外銷中國以外市場達四十五．六億美元，創歷史新高，美、日成為前量大外銷市場。顯見台灣農產外銷成功轉骨，拓展高消費市場，降低單一市場依賴。

04

農糧結構成功轉型，確保糧食安全

透過稻作四選三措施、開辦水稻收入保險、輔導雜糧轉作、推動綠色環境給付等作為，解決稻米超產問題，提升稻米產業競爭力，增加雜糧生產面積，確保糧食安全。

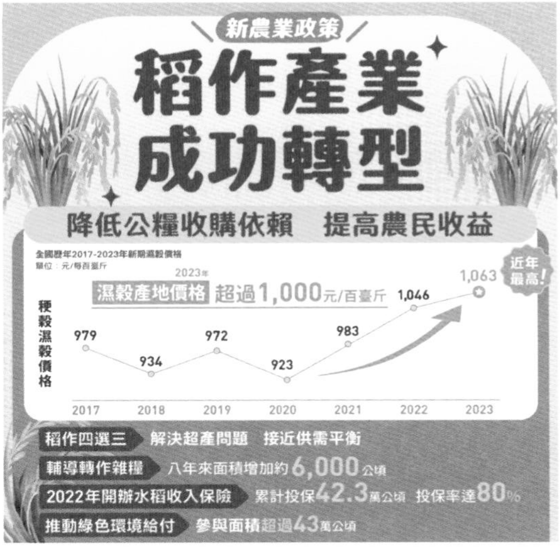

05

提升國產農產品品質，有機農業立法

有機和友善農業不僅提供安全食物來源，也是永續農業的重要生產方式。因此，新農業政策將產銷履歷、有機和友善生產列為重點政策，擴大農業對環境友善的效益。

06

食農教育立法，學校午餐食材溯源

農業不只是農民的農業，更是全民的農業，因此推動食農教育立法，內容則包含支持在地農業、鼓勵地產地消、強化食農連結、培養均衡飲食、惜食減少浪費、傳承飲食文化、國民免於飢餓等。同時，推動學校午餐採用國產可溯源食材，讓學童吃得健康又安心。

（資料來源：農業部；圖表提供：陳吉仲）

07 開辦綠色照顧，推動農村送暖

結合在地農業資源及綠色元素，發展具有地方特色的綠色照顧站，使長者重新投入農村及相關工作，營造友善高齡生活環境。

08 擴大灌溉服務，農水署成立

為了讓農民灌溉不再受到灌區內外的差別對待，農業部克服重重困難，成功讓農田水利會升格為公務機關，農水署也才能擴大灌溉服務超過五．六萬公頃。

09 成功撲滅口蹄疫，持續防堵非洲豬瘟

口蹄疫於台灣存在二十四年，在全體國民與農業部共同努力下，不只口蹄疫從疫區除名，傳統豬瘟更在二〇二三年全面拔針。持續防堵非洲豬瘟，讓台灣有機會成為亞洲豬隻三大重大疫病的非疫區。

10 解除漁業黃牌警告，遠洋漁業永續發展

遠洋漁業黃牌更是許多漁民心中的痛，但農業部透過法規的精進，與漁業各界的溝通，終於解除遠洋漁業黃牌警告，保住四百億元漁業產值及周邊產業發展逾千億，讓遠洋漁業可以永續發展。

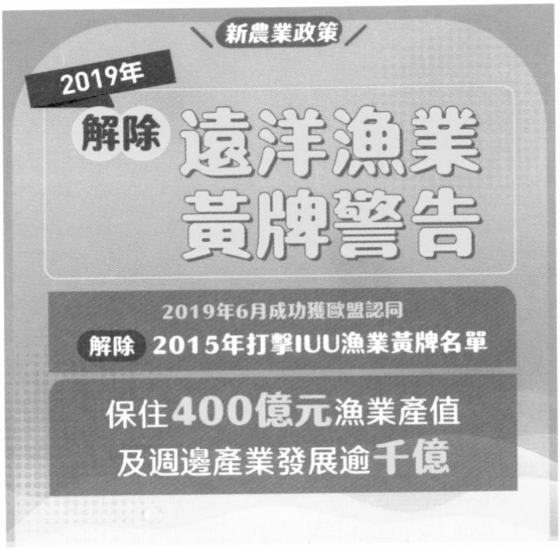

（資料來源：農業部；圖表提供：陳吉仲）

11 有效提升農民所得，增加農民收益

新農業政策的主要目標是提高農民所得和確保消費者買到安全的農產品。從二〇一六年以來，經過新農業政策的推動，專業農家和主力農家所得持續增加。

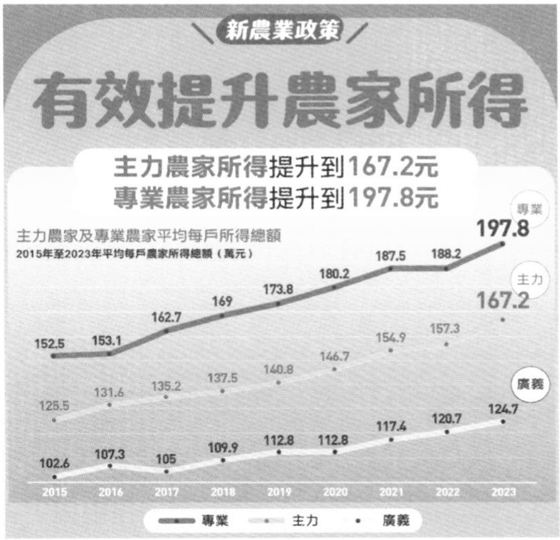

12 二〇二三年八月一日，農業部成立

回應一九八八年五二〇農民運動訴求，歷經三十五年各界的努力，農業部正式成立。為推動農業淨零和韌性農業，成立「資源永續利用司」；為充實農村發展與建設，成立「農村發展及水土保持署」；為強化自然保育與動物保育，成立「林業及自然保育署與動保司」。

附錄二 二〇一六～二〇二三農業部施政大事紀

二〇一七年

- 試辦釋迦收入保險，為台灣第一張農業收入保險型保單。
- 提出「農業保險法」草案，二〇二〇年五月十二日經立法院三讀通過後、由總統公布，於二〇二一年一月一日正式施行，藉由法律明確賦予農業保險法定地位，將農業保險保障範圍、運作制度、補助及獎勵措施等，均予法制化。
- 學校午餐採用可溯源國產食材上路。

二〇一八年

- 農業部完成修正「從事農業工作農民申請參加農民健康保險認定標準及資格審查辦法」及訂定「實際耕作者從事農業生產工作認定作業要點」。二月二十一日起，採由各區的農業改良場審查並核發實耕者證明，取得實際從事農業生產的工作證明後，就可以向農會申請參加農保，持續落實「人地脫鉤」，保障實際從農者加入農保權益。
- 行政院依照第六次全國農業會議結論推動「食農教育法」，並成功於二〇二二年完成立法，推動的對象涵蓋家庭、學校、政府部門、農民團體、食品業者、社區、民間團體等；內容則包含支持在地農業、鼓勵地產地消、強化食農連結、培養均衡飲食、惜食減少浪費、傳承飲食文化、國民免於飢餓等。

- 開辦農民職業災害保險：十一月一日起，試辦農民職業災害保險。第一階段採用「先傷後病」，優先試辦因果關係較為明確的「職業傷害」；第二階段於二〇二一年九月十日起，將職業病納入保險給付範圍。
- 綠色環境給付上路。

二〇一九年

- 凡持河川公地種植許可書的實際耕作農民，可依規定參加農保。
- 「農產品生產及驗證管理法」修正通過。重新修訂法規之後，農漁會和農漁民能更順利投入農漁產品加工。各農漁會依照自己當地產業的需求，提出的加工設備所需計畫，農業部也會在經審核後，給予經費支持。
- 「有機農業促進法」上路。
- 解除遠洋漁業黃牌警告。

二〇二〇年

- 通過「農產品初級加工場管理辦法」，農業部為農產品初級加工場的主責單位。
- 試辦香蕉收入保險。承保自然風險與價格風險所導致香蕉收入的偏低，包括因天災及不可抗拒之因素導致產量減少，與因價格下跌所導致的收入減少，並訂定「香蕉收入保險試辦及保險費補助辦法」，進一步保障蕉農收入。

- 推動綠色照顧與農村送暖。
- 成功撲滅口蹄疫：世界動物衛生組織認定我國台澎金馬地區為口蹄疫非疫區。
- 農田水利會升格公務機關，農水署成立。

二〇二一年

- 投入一百二十六億元打造全國農產品冷鏈物流體系。
- 投入百億基金推動養豬產業轉型升級。
- 生態服務給付上路。
- 「農業保險法」上路。
- 農民退休儲金上路。

二〇二二年

- 推出首張雜糧類作物保單的高粱收入保險，採縣市區域認定方式，以每公頃基準收入與每公頃實際收入的差額為理賠標準，並考量品種、生長條件及氣候環境等因素，產量與價格以台灣本島和金門分別計算。
- 開辦水稻收入保險，分為「基本型」及「加強型」。「基本型」保險為全面納保項目，農民無須繳納保險費，由農業部全額補助，理賠基準為各鄉鎮市區平均產量減產超過兩成，每公頃即可獲理賠一．八萬元。「加強型」保險提供沒有申報公糧的農民自由選擇加保，並區分為「一般加強型」及「優質加強型」。
- 「食農教育法」上路。

二〇二三年

●一月十日立法院三讀通過「農民健康保險條例」部分條文修正草案。二月十日起，農保月投保金額由一萬兩百元提高為兩萬四百元，生育給付提高三倍達到六萬一千二百元，喪葬津貼來到三十萬六千元，所增加的保費由政府負擔，農民維持只要負擔每月七十八元的保險費，讓農民享有「保費不變，給付加倍」的福利。

●傳統豬瘟全面拔針。

●農業部成立。

關懷台灣 03

彎腰，為島嶼種下希望的人們：
孕育新農業生命的在地故事

總 策 劃：陳吉仲
採訪撰文：簡惠茹
資料．照片提供：陳吉仲

專案主編：洪　絹
封面設計：蔡沛廷
封面照片提供：黃致鈞
封面．美術設計：Javick 工作室

出　版：遠足文化／遠足文化事業股份有限公司
發　行：遠足文化事業股份有限公司（讀書共和國出版集團）
地　址：231 新北市新店區民權路 108 之 2 號 9 樓
郵撥帳號：19504465 遠足文化事業股份有限公司
電　話：(02) 2218-1417 傳真：(02) 8667-1065
電子信箱：service@bookrep.com.tw
網　址：www.bookrep.com.tw

法律顧問 / 華洋法律事務所 蘇文生律師
印　製 / 凱林彩印股份有限公司

2024 年 12 月 25 日初版一刷
定價：450 元
書號：SU0B0004
ISBN： 978-986-508- 337-3 （平裝） EISBN： 9789865083342（EPUB）

國家圖書館出版品預行編目 (CIP) 資料

彎腰，為島嶼種下希望的人們：孕育新農業生命的在地故事 / 簡惠茹採訪撰文. -- 初版. -- 新北市：遠足文化事業股份有限公司，2024.12
面； 公分. --（關懷台灣；3）

ISBN 978-986-508-337-3(平裝)
1.CST: 農業政策 2.CST: 漁業 3.CST: 產業政策
431.1 113019418

團體訂購請洽業務部 (02) 2218-1417 分機 1124
讀書共和國網路書店 www.bookrep.com.tw